다독이는 시간

다독이는 시간

김나현 수필집

산지니

‘처음과 같이
이제와 항상
영원히’

가톨릭기도문인 이 영광송 문구를 즐겨 입에 담는다.
사람 간에
살아가는 일에
건강에
지향하는 대상에.

살아가며 느닷없는 악재에 부닥치기도 하지만
늘 이만한 데 감사하고
어쩌다 세 번째 수필집을 내니 감사하다.

처음과 같이
이제와 항상 영원히
소중한 것들과 함께했으면 좋겠다.

차
례

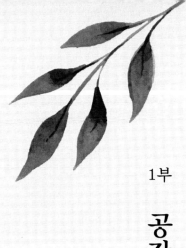

1부

공간의 기억

절해고도 302

대기가 한증막이다. 이런 폭양은 희한하게도 적막을 동반한다. 귀가 먹먹한 고요는 함박눈이 퍼부을 때 따르는 물리적 현상인 줄 알았다. 이는 눈의 숭숭한 결정체가 소음을 흡수하여 그렇다지만, 데운 가마솥 같은 열기가 소음을 흡수할 리는 없을 터. 요는 지상을 질식시킬 작정으로 쏟아붓는 더위에 생물이란 모조리 풀 죽은 결과가 아니랴.

이런 폭서에는 스스로 살아남을 지혜를 터득해야 하는 법. 나는 세상으로부터 숨기를 택했다. 누구에게도 방해받지 않을 오롯한 나만의 공간, 스스로 고립을 원했다고 하는 게 맞겠다. 사람 사이 관계마저 단절시킨 끔찍한 열기를 피해 칩거한 외딴곳엔 새소리조차 들리지 않는다. 적막강산이 따로 없다. 이따금 정에 목마르면 밀폐한 공간의 봉인을 해제하고 외부로의 길을 튼다. 바깥 공기는 여전히 뜨겁다. 다시 문빗장을 걸고 혼자 먹고, 혼자 말하고, 책을 읽고…, 글을 쓴다. 눕고 싶으면 눕고, 자고 싶으면 자며 멍한 시간을 보낸다. 나만의 왕국이다. 책상 위에 수두룩이 재인 읽을거리가 줄어들고, 창작 스케치용 대학노트가 쓸거리로 술술 채워진다면 말이다.

지구 환경이 지진이거나 홍수 아니면 가뭄처럼, 양극을 치달을수록 사람도 극 개인주의로 내닫는 것 같다. 상대의 영역을 침범하지 않고, 자신도 타인의 간섭을 사양한다. 나도 그런 시대의 일원이 아니라고 반박하지 못한다. 적막이 깔린 절해고도에서 숨 쉬는 건 오직 나뿐. 둘러친 벽 안쪽 나와 그 너머의 사람들은 서로 별개의 존재다. 각각의 사람이 각 독립개체인 그냥 사물이다. 모르는 사람끼리 눈 마주치고 멋쩍은 웃음한 번 짓기란 하, 떨떠름하기만 하다. 되레 계면쩍어 서둘러돌려버리는 시선, 아니 세상이라니. 그 말 없는 사이를 흐르는 애매한 분위기란 또 어떻고. 날씨를 탓하며 정의 교류마저 뚝 끊긴 바깥세상으로부터 차단되어 고립무원인 절해고도에 칩거 중이다.

김홍도 〈소림명월도〉의 적적한 운치가 그립다. 성근 나뭇가지 뒤로 뜨물 빛깔 달이 동실 뜬 그림은 스산하고 소슬하다. 달을 중심으로 안개가 자욱이 감긴 그림 속으로 이끌리듯 스며든다. 인문학을 강의하는 광고인 최갑수는 이 그림에서 베토벤의 〈월광 1악장〉을 떠올린다던가. 나는 한여름의 적막을 본다. 풀벌레도 잠들었을 밤의 고요와 쓸쓸함이 묻어나는 그림, 느리고 고요하게 달빛처럼 별처럼 쏟아져 내리는 피아노 소나타 14번 월광 1악장. 그림 속 달과 달빛 소나타에 안개에 젖듯 취하고 있다.

18세기를 살다 간 동서양 예술가가 승화시킨 정적이 통했음일까. 나의 고도孤島에서 김홍도와 베토벤과 내가 만나 교류하다니. 위리안치圍籬安置된 내 영혼이 비단결 두른 듯 따사로워진다. 베토벤이 듣지 못하는 귀로 건반을 두드릴 때, 정상인이 도저히 알 수 없는 초월한 영감 속에 있었을까. 어쨌든 위대한 음악가와 화가와 그 발끝에도 따라가지 못하는 작은 문학인이 동시대에서 교감하는 순간이다. 들을 수 없는 영혼이 적막 속이거나 암흑이었을 베토벤이, 〈소림명월도〉를 그리는 화폭 앞에 앉은 한 고독한 화가가 바로 내가 아닌가. 시공간도 훌쩍 뛰어넘는 감성의 공감대에 헉헉대는 더위도 잊는다.

'햇볕이 숯불처럼 뜨거운' 여름 한낮이다. 이 쨍쨍한 순간을 꽹과리로 부수듯 생을 다해 울어대는 매미 소리 처절하다. 이는 고맙게도 내가 숨 쉬고 있음을 자극하는 소리다. 가장 절절한 한때를 보내는 매미와 극도로 무력한 시간을 흘려보내는 나 사이로 여름이 지나간다. 때가 되면 소슬바람은 절로 불 것이며, 차츰 성글어지는 숲 사이로 뜬 달도 곧 볼 수 있겠지.

누구는 바다로 피신 가 있다고, 누군가는 먼 휴양지에 있다는 소식을 바람결에 듣는다. 하여 더 갑갑한 시절이다. 그런데도 방해받지 않고 내일을 향할 공간이 있으니 다행이지 뭔가. 충만하도록 책을 읽고, 영화를 보고, 고독 속으로 빠져 그 고독을 만끽할 수 있음이. 위리안치가 썩 나쁘지만은 않은 것 같다. 허겁지겁 살아가다 얽히고설킨 관계로부터 단절되어 오로지 나에게 집중하는 시간이.

어쨌든 302호 문 닫아걸고 붓방아 찧는 여름이다.

겸상의 추억

만장輓章이 내걸렸다. 큰집 높다란 담 안쪽으로 불긋불긋한 깃발이 나부낀다. 담장 안쪽에서 도대체 무슨 일이 일어난 걸까. 오겠다는 기별 없이 찾아온 고향 마을에서 큰집 담장을 올려다보고 서 있다.

출가외인이라고 그랬는지, 살기에 급급할 거라 그랬는지. 집에서는 내게 할아버지의 부음을 전하지 않았다. 어느 날 불쑥 찾은 고향에서 할아버지가 만장으로 나를 반겼다. 작은어머니가 그랬다. "할아버지가 너를 불렀는 갑다."라고.

할아버지 생신일은 내 생일이기도 하다. 아궁이 불에 노릇하게 구운 도톰하게 살진 조기가 밥상에 오르는 이날, 할아버지와 겸상하는 나는 친척 앞에서 당당했다. 할아버지 생신날 상 맞은편에 내 밥과 국을 올리면 내 생일상도 되었다. 나와 할아버지만 독상을 받고 다른 친척은 큰 상에 빙 둘러앉았다.

길고 하얀 턱수염에 송송 맺힌 막걸리 방울을 손바닥으로 쓱 훑어 내리거나, 장죽 대통을 화로에 통통 두드려 담뱃재를 털던 기억으로 남은 할아버지. 살아오며 만난 사람 다 견주어도 그분만큼 인자한 사람을 본 적 없다. 그 인자함이란 게 천성으로 우러나오는 게 아니겠는지. 어릴 적에 할아버지가 호통을 치거나 버럭 화내는 걸 본 적 없다. 천생 양반답게 점잖았으며 느리고 찬찬하셨다.

내가 고등학교 다닐 때 이 층에서 떨어진 일이 있다. 마을 친구가 20리 길을 버스를 타고 가 그 사실을 우리 집에 알렸다. 교실 유리창을 닦다 떨어졌다는 친구의 말에 가족은 얼굴이 파랗게 질렸다. 내 몸이 유리창과 같이 바닥으로 추락해 만신창이가 된 줄 알았던 게다. 척추에 금이 간 사고였으니 작은 사고는 아니었다. 읍내에서 제일 큰 병원인 적십자병원에 입원하게 되었다. 그때 할아버지는 당신이 너무 오래 살아 못 볼 걸 본다며 크게 상심하셨더라고 했다. 만 원권 지폐 속 세종대왕을 닮은 할아버지는, 마을회관 앞 양지바른 벽에 기댄 채 잠이 든 듯 숨을 거두셨다. 회관에서 드신 인절미가 목에 걸렸더라고 했다.

결혼 후 맞은 내 첫 생일 때다. 문득, 지난 생일을 돌아보니 집에서 생일 밥을 먹은 기억이 없었다. 생일 밥상을 받은 적이 있었는지 모르겠지만 기억이 통 나지 않았다. 어머니께는 무척 죄송한 말이다. 할아버지와 겸상하지 않았더라면, 어머니

16

는 내 생일상에 조기 한 마리 올리기도 여의치 않았을 것이다. 이런 지난한 기억들에 미음 아파하지만, 불질의 결핍은 그러려니 하고 겪는 일이었다. 빈곤이 일상인 중에도 온화한 환경 덕에 심적 불균형 없이 건강하게 성장했다. 이런 집안 분위기 중심에 할아버지가 계셨다.

한 마을 앞쪽으로 광산 김씨 삼형제가 나란히 터 잡고 살았다. 큰아버지와 아버지, 작은아버지 형제다. 요즘도 세 형제가 나란히 사는 데엔 변함이 없다. 큰집 할아버지와 할머니, 큰아버지, 큰어머니도 돌아가셨다. 친정아버지도 몇 해 전 먼 나라로 가시니 삼형제 집은 적요하다. 명절이나 생일이라고 친척 집을 돌며 밥을 먹던 때가 그리 오래전 일도 아니다. 작은집, 큰집에 대소사가 있을 때 여전히 오가기는 한다. 그러나 부모들이 차츰 세상을 뜨니 예전처럼 북적댈 일도 없다.

할아버지 출상 날이다. 큰집 안방 병풍 뒤에 모셨던 할아버지 장례를 치르는 날이다. 사촌 지간 아이들도 분위기 살피며 손 모으고 둘러섰다. 할아버지가 이승에서 마지막으로 문지방을 넘는다. 관례로 박 바가지가 깨지고 마당으로 조심조심 내려설 때다. 한 남자의 흐느낌이 껑껑 들린다. 울음의 주인은 아버지다. 그 소리가 돌아가신 할아버지가 내 아버지의 아버지임을 일깨운다. 나도 따라 목이 멘다. 아버지의 아버지에게 손녀가 되는 나는, 한 다리 건넌 사이라고 애달픈 마음이 아버지보다는 덜한 모양이다. 집안의 지축이던 어른이 거처하던 안방을 영영 떠나는 날이라 집안 공기가 무겁다. 할아버지와 특별하게 이어진 내 유년의 일부가 뭉텅 분리되어 나가는 상실감을 맛본다. 겸상의 추억마저 아득히 멀어지듯 안타깝다.

할아버지 기일은 유월 유두일이다. 음력 유월 보름이면 여름기운이 완연할 시기다. 기일이 되면, 함박눈 펄펄 내릴 때 마당에서 전통혼례 올리며 운 큰집 올케가 도시에서 찾아온다. 우리 집 큰며느리인 올케도 읍내에서 올라오고, 막내인 작은집 며느리도 인근 도시에서 마다치 않고 온다. 당신은 사후 복도 어지간하신 게다. 겸상했던 나는 한 번도 가지 않았다. 그래도 내 생일이면 어김없이 할아버지가 의식 속으로 찾아오신다. 그 인자한 표정과 하얀 수염에 온화한 눈빛을 하고서.

딸이 결혼한 후 처음 맞은 내 생일날이었다. 생각지도 않았는데 딸이 찰밥을 짓고 미역국을 끓여 왔다. 마치 허한 내 속을 들여다본 양. 인터넷으로 요리법을 알아본 모양이다. 육아로 힘든 중에 어떻게 그런 기특한 생각을 했는지. 그날 찰밥과 미역국에 조기 몇 마리의 조촐한 생일상은 그간 섧던 생일의 소회를 날려주었다. 내 생일이면 유독 나에게 애틋해진다. 무의식에 붙어 있는, 할아버지와 함께 축하받으며 보낸 생일 추억 때문인가. 앞으로는 부러 챙기고 자축할 생각이다.

유두일 전후해 고향에 간 건 마음이 내킨 때문이었다. 어쩐지 부쩍 가고 싶더라니. 혹, 영의 기운이 있다면 작용한 건 아니었을까. 태어난 해는 딜라도 같은 날에 태어나 혈육으로 맺어지고, 이승을 하직할 때 나를 불렀으니 보통 인연은 아닌 게다. 아득히 맺은 전생의 인연처럼 할아버지가 그립다.

장식론[*]

　나는 나를 꾸밀 줄 몰랐다. 남들이 하는 수수하다는 말은 다른 말로 촌스럽다는 말이 아니었나 싶다. 옷은 몸통을 가리는 도구이면 족했다. 그 외 장신구를 걸쳐 나를 장식한다는 건 한마디로 사치로 해석했다.

　이러던 내가 귓불을 뚫었다. 귀고리를 하면 외모가 돋보인다는 말에 귀가 솔깃해질 즈음, 아들이 작은 진주가 달린 귀고리를 선물했기 때문이다. 스스로 귓불을 뚫지 않겠다고 한 다짐이 무색했다. 그러나 정작 귀고리를 하는 일은 없었다. 신체에 이물질이 붙어 있는 감은 둘째 치더라도, 바늘귀처럼 작은 귀고리 구멍을 찾아 말랑한 살을 쑤셔대기란 차마 못 할 일이었다. 상처가 덧나 벌겋게 붓기를 반복했다. 그러고도 선물한 마음이 가상해 거울 앞에 바투 앉아서는 귀고리 다는 일에 매

* 홍윤숙 제3 시집 제목『장식론』, 시인생각, 2013

달린다.

결론은 나를 꾸미는 일에 눈을 뜨지 못했다는 게 맞겠다. 장식할 도구가 없어서이기도 했을 것이다. 여자라면 기본으로 가진 18금 반지나 목걸이 정도가 내가 가진 액세서리 전부였다. 아무튼, 거치적대는 장식은 내 취향으로 들어서지 못했다. 이런 사고가 크나큰 발전을 한 데는 아들이 선물한 귀고리 영향이 컸다. 차츰 이런저런 장신구가 눈에 들어오기 시작한 거다. 장신구라고 해봐야 몇만 원 선에서 왔다 갔다 하는 게 대부분이만. 이 소소한 것들을 꺼내놓고 이것저것 대보며 고르는 즐거움도 누린다.

요즘도 귀고리를 한 날이면 귓불이 홍조를 띤다. 어떤 대상에 이리 오래 적응이 되지 않았던 적이 있었던가 싶다. 매번 처음 뚫듯 예제 쑤셔댄다. 상처가 아물만하면 건드리니 멀쩡하던 귓불이 수난이다. 나는 장신구와는 영 궁합이 맞지 않은 건가. 그보다는 요령 부족인가 싶다. 거울을 보지 않고도 능숙하게 낄 정도가 되려면 얼마나 숙달돼야 한단 말인지. 이런 일에도 이력을 요구하나 보다.

사람은 연륜이 쌓일수록 잘나고 못난 경계가 희미해지는 것 같다. 성격도 두루뭉술해지고 무던해지는 게 흐름이지 싶다. 반면 관계는 좀 다른 성질로 본다. 어떤 사이는 시간이 흘러도 껄끄러움이 바닥에 깔려 데면데면하다. 취향의 다름과 충돌하는 사고도 한 원인으로 작용할 것이다. 고 작은 장신구에 도 무지 적응을 하지 못할 때 우린 서로 맞지 않는 사이라며 사람 사이를 대입한다.

때론 귓불에 뚫은 귀고리 구멍처럼 작은 말 한마디에 마음이 다치기도 한다. 이런 일은 주로 가까운 사이에서 일어난다. 삭이지 못하다 다 지난 이야기처럼 속을 털어놓지만, 실은 그때까지 품고 있었다는 뜻이다. 자꾸 덧나는 귓불의 상처처럼, 내 말에 마음을 다친 이가 있을지도 모르겠다는 생각이 언뜻 든다. 나는 정말 아무것도 눈치 채지 못하고 상대를 마주하고 있는 건 아닌지. 특히 링 귀고리 다는 일로 신경전 벌일 때 드는 생각이다.

원형 귀고리는 꼭 쇠 코뚜레를 닮았다. 송아지는 생후 1년이 되기 전에 부드러운 코청을 뚫어 코뚜레 하는 의식을 한다. 사람이 귀를 뚫는 건 사치에 불과하지만, 송아지 코뚜레는 송아지 성년식이다. 하나는 멋 내기용이고 다른 하나는 구속용이다. 그 용도가 확연히 다르다. 코뚜레를 하지 않은 송아지는 망아지처럼 휘젓고 다니는 자유가 있다. 하지만 코뚜레를 하고 고삐에 매이는 때부터 주인에게 고분고분 순종하는 처지가 되고 만다.

먼 나라의 어느 부족은 성인식 때 몸에 상처를 내는 무시무시한 의식을 치렀다. 사람도 코뚜레 같은 귀고리를 하고 성인이 되었음을 주변에 알리는 상상을 해본다. 몸에 피를 내는 성인식 문화를 가진 나라가 아님이 얼마나 다행인가.

오래전에 상영한 〈워낭소리〉는 농촌이 고향인 이들에게 공감을 샀다. 주인은, 죽어가는 소의 코뚜레를 풀어주며 마지막을 배웅한다. 사십여 해 주인 삶을 거든 소는 죽어서야 코뚜레에서 풀려난다. 멋 내기로 뚫은 귀에 상처가 덧날 때 코청 뚫은 송아지의 고통을 상상한다. 코뚜레의 구속에서 풀려난 소의 처지도 함께. 어릴 적에 아버지가 송아지 코청을 뚫는 걸 본 적 있다. 차마 못 볼 광경이었다. 송아지가 코뚜레를 한 후에는 잘 먹지 못한다. 상처의 아픔과 이물질이 주는 불편함 때문일 것이다. 생각이 거기에 이르면 귓불 상처쯤이야 아무렇지 않은 것이 된다.

젊다는 것 자체가 빛나는 장식이 되어주던 때가 있었다. 아이를 걸리고 업고 다니던 젊은 시절, 지나가던 어른들이 말하던 '참 좋을 때다.'라는 말을 그때는 흘려들었다. 아이 키우랴 꼴이 말이 아닌데 좋을 때라고 하니 그랬다. 앉았다 일어설 때 삐걱대는 뼈마디를 추스르며 팔팔했던 시절을 회상한다. 아무리 고단해도 잠잔 다음 날이면 물 먹은 화초처럼 생기 나던 때를.

'여자가/ 장식을 하나씩/ 달아가는 것은/ 젊음을 하나씩/ 잃어가기 때문'이라는 홍윤숙 시인의 「장식론」이 이즈음 실감

나게 읽힌다. 무관심하거나 없어서 못 했던 장신구에 흥미가 당기는 건 초라함을 상쇄시킬 도구가 필요한 때가 되었다는 뜻인가.

연륜을 더할수록 마음이 계절을 앞지르려고 한다. 삼월 새치름한 날씨에 움츠리면서도 가슴엔 아지랑이가 스멀스멀 피고 꽃바람이 인다. 대지가 들썩이는 봄엔 마음에도 분홍색 꽃망울을 송송 품는다. 이럴 때 액세서리는 기분 따라 걸음을 동동 띄워준다. 굳이 귀금속이 아니어도 좋은 것이다.

소품가게나 프리마켓, 여행지에서 산 장신구가 꽤 늘었다. 귀고리며 팔찌, 목걸이, 브로치, 모자 같은 것들이다. 고르고 고른 끝에 하나를 살 때 얼마나 흡족한지. 젊음을 잃어가는 증거라고 해도 좋다. 앙증맞은 고것들이 주는 기쁨을 알아버렸으므로. 이전엔 이해되지 않던 행동을 하며 취향도 변하는가 여긴다.

이제 거울을 보지 않고도 귀고리쯤은 단다. 외출 마무리는 향수가 아니라 장신구다. 누가 봐주지 않아도 내 기분이 좋으면 된 게지. 장신구들이 하마나 하고 외출을 기다린다. 언제쯤 저도 바람 쐴 건가 하고.

구둣발 소리

홍매가 막 붉은 입술을 내밀었단다. 그 소식을 들은 지 엊그제다. 꼭꼭 여미었던 몸과 마음이 무시로 하품을 불러들인다. 어느덧 벚꽃도 만개했다는 소식이 월담한 듯 훌쩍 다가와 코끝을 간질인다.

모노레일이 하늘을 달리던 그 사월의 향기도 그랬다. 편의점엔 출근길 남자들이 아침 요깃거리를 사 들고 줄지어 있었다. 사뭇 생소한 광경이었다. 편의점 앞, 벚꽃 만발한 사거리 건널목엔 정장 차림들이 밀려들었다가 썰물처럼 빠지곤 했다.

아침 여덟 시, 도쿄 시내 지하철역은 꾸역꾸역 사람을 토해 냈다. 공장이 쏟아낸 완제품 같은 무표정들이 물결처럼 스쳐 지나갔다. 그 속에서 나는 꽃과 황홀한 상봉 중이었다. 진군하듯 밀려드는 어마한 기세에 눌려 행렬이 진행하는 방향을 빗겨 옆길로 들어섰다. 내 귀와 눈을 점령한 구둣발이 일사불란하게 지나갔다.

무수한 발이 내는 소리가 거대한 물줄기처럼 흘렀다. 벚꽃 터널 안에서 각기 다른 중량이 내는 둔탁하고도 고른 리듬으로 흐르는 소리였다. 그 비장한 소리에 홀려 나는 오도 가도 못하고 몽롱하게 서 있었다. 한동안 내 눈은 보도블록을 걷는 그들 발에 닿아 있었다. 어느 순간 구두 소리는 빗소리로 스며들었다. 착착 내리는 장대비 같은 울림, 그 발소리의 울림은 가슴에서 쿵쿵대며 비장한 파장을 일으켰다. 흡사 달려오는 말발굽 소리랄까, 생을 향해 전진하는 구구절절한 언어로도 들렸다. 하늘하늘 핀 꽃이 보내는 향기로운 격려에 출근길 그들 어깨에도 벚꽃 향기가 묻어갔다.

글로벌 기업 도시바 앞 출근 풍경이다. 작은 톱니바퀴가 빈틈없이 맞물려 돌아가는 기계적인 움직임이었다. 출근 의식이 경건하기까지 했다. 그들 눈에는 흐드러진 벚꽃이 보이기나 했을까. 꽃이 피건, 지건, 오로지 본연의 업무에 충실하려는 무정물 같은 표정과 나풀거리는 꽃은 이질적이었다. 그 거대한 에너지의 흐름 속에서 셔터를 눌러대던 카메라를 슬며시 내려놓았다. 출근하고 있을 자식 생각에서다. 그들 삶의 최전선을 보며, 치열한 생존 현장 일선에서의 삶이 얼마나 힘들까 싶어졌다.

하늘을 찌를 듯 치솟은 빌딩으로 출근 물결이 쏠려 들어갔다. 건물은 사람을 삼키는 거대한 무감정 물체였다. 건물 안으로 사라지는 사람 물결을 구경하느라 아침밥도 거르고 있었다. 벚꽃이 수놓은 하늘엔 모노레일이 이따금 은하철도처럼 지나갔다.

어느 여름 오륙도를 눈앞에 두고 섰다. 파도가 철썩대는 벼랑 끝에 서 있었다. 바로 앞 허공에 작은 새 한 마리가 떠 있는데 날갯짓이 보이지 않았다. 의아해 무슨 몸짓인가 하고 자세히 보니 보일 듯 말 듯 파르르 떠는 날개가 보였다. 그제야 새가 처한 상황을 헤아렸다. 그날 바람은 양산이 꺾이도록 세찼다. 어린 새는 바람에 맞서 앞으로 나아가기 위해 사투하는 중이었다. 몰아치는 맞바람을 뚫고 연약한 날갯짓으로 나아가기에는 역부족이었던 게다. 바람에 안간힘으로 버티다 힘이 빠져 잠깐 뒤로 밀리는가 싶으면, 어느새 균형을 잡고는 용케 그 자리를 지키는 것이었다. 잠시라도 긴장을 늦추면 단박에 휩쓸려갈 처지였다. 진퇴양난에 처한 새를 도울 수 없다는 게 안타까울 뿐. 뜻대로 살지 못하는 세상에서 새조차 살아보려 안간힘이라니.

잠시 후, 한 무리의 갈매기가 작은 새를 제치고 우르르 앞으로 날아갔다. 작은 새의 행동이 궁금했다. 무리의 새가 어떤 도움이나 영향을 미칠지도. 그러나 큰 날개를 훨훨 저어 가는 무리의 새는 작은 새를 거들떠보지도 않고 지나쳐 갔다. 새가 새를 어떻게 부축하겠는가마는 생존 현장에서의 냉정함과 무관심이 놀라웠다. 어미 품에서 독립한 새에게는 여린 날갯짓으로 스스로 헤쳐 나가야 하는 생존 현장이었다. 바람을 거스를 만한 날개 힘을 키워야 살아남는 법. 그 모습은 영락없이 사회 초년생이 기성사회에 적응하느라 고군분투하는 모습이다.

꽃 향기 그리던 머릿속으로 문득 도쿄의 구둣발 소리가 쿵쿵 다가온다. 그 소리와 오류도 바위에 철썩이던 파도소리도 생생하다. 출근 인파의 구둣발 소리가 힘찬 동력이라면, 바다의 소리는 나아가지도 물러서지도 못하던 작은 새가 연상되는 소리다. 역운逆運에도 후퇴하지 않고 안간힘 쓰던 새가 끝내 날아가는 모습을 보지 못하고 돌아섰다.

만개한 꽃나무 앞에서 염원한다. 아이 앞날에 봄날 같은 삶이 펼쳐지기를. 그런 간절함을 품고 오래전 손에서 놓았던 묵주를 찾아든다. 봄볕 같은 안온함이 꽃향기처럼 감미롭다.

땅거미 질 무렵

창밖 어둠의 농도를 살핀다. 사물에 명암이 가시고, 골목은 한낮의 열기를 삭이며 어스레해질 무렵이다. 생물은 속속 보금자리로 찾아들고, 하루해 꼬리가 제아무리 길어도 이 시간은 마침내 찾아온다. 하루의 들뜸이 고즈넉이 가라앉는 즈음을 기다려 골목 산책길에 든다.

내 생의 시기도 이때쯤일까. 이런 생각이 언뜻 든다. 땅거미 내리기엔 좀 이르고 살짝 어둠이 드리우기 시작하는 때. 해진 뒤 마지막 잔불 같은 석양 무렵은 좀 남은 그런 시기. 가을 끝자락쯤? 낮의 소음과 사는 소리도 잦아들고, 심신이 아늑하게 긴장을 내려놓는 땅거미 질 무렵….

하늘엔 청색 빛이 미적대고 그림자는 길게 눕는다. 일광은 노란빛을 발산하고, 분위기 물씬한 사진을 만들 수 있는 아주 짧은 시간대가 잠깐 닥친다. 매직아워*다. 이 뒤를 막 따르는 박모는 더 잠깐이다. 오감의 촉수에 집중하지 않으면 초침처럼 지나가 버린다. 약간 이르면 밝은 기운이 남아 있고, 때를 놓치면 순식간에 어둠이 잠식해 버리기 때문이다. 미루적대다 때를 놓치고서 어둑해진 창밖을 보며 무연無然해지기도 여러 번이다. 내일은 결코 놓치지 않으리라 맘먹지만, 알고도 저지르는 실수처럼 또 때를 놓치곤 한다.

이런 시간을 기다려 산책길에 든다. 기온이 널뛰듯 하는 요즘 여름은 몹시 조심스럽다. 휘청거리는 몸으로 외나무다리를 건너는 심정이다. 건강을 다칠까 조마조마하다. 유월부터 폭양을 휘두르는 날씨에 겁먹는 건 그리 오래된 일은 아니다. 그나마 사계가 아직 살아 있으니 계절 구분이 된다. 맹렬하게 쏟아붓던 열기도 절기 앞에서는 한풀 꺾이니 얼마나 다행인가. 언제 다가왔는지 소슬한 기운이 주변을 서성대면, 여름철 칩거했던 답답함도 풀 겸 마을 산책에 든다. 공원이나 산책로가 딱히 없는 주택가에서 찾은 즐거움이다.

일상에서 건지는 소소하지만 확실한 행복, 소확행. 일과가 모두 끝나고 비로소 나만의 시간을 가지며 산책하는 시간이야말로 내가 누리는 소소하지만 확실한 행복이다. 편안한 차

* 카메라 촬영 때 일광이 충분하면서도 인상적인 효과를 낼 수 있는 여명이나 황혼 시간대.

림새로 집을 나선다. 골목마다 높고 낮고, 돌담이거나 시멘트 담 같은 각기 다른 담장과 정원 구경이 즐겁다. 고향 놀남실을 지나듯 푸근하다. 굳이 화장하지 않아도 되는 어둠이 있고, 다 듬지 않은 머리를 눈여겨볼 이도 없다. 볕에 눈이 부시지 않아도 되고, 해도 저물어 양산을 쓰지 않아도 되니 걸음도 가뿐하다. 정원이 예쁜 집이 많다. 처음 만나는 저택의 담장은 산책의 시작 지점이고 끝나는 지점이다. 동네 사람들은 꽃과 신록, 향기로 계절을 알리는 그 집 정원수 감상하는 기쁨을 오가며 누린다.

서너 평쯤 될까 한 마을 카페는 고즈넉이 불 밝히고 골목에 온기를 전한다. 매번 지갑을 챙기지 않아 카페에 들른 적은 없다. 내 또래의 주인 여자가 손님 없는 가게를 지킬 때가 많다. 나도 이런 가게 하나 열어두고, 책 읽으며 한가롭게 손님맞이하면 어떨까. 이런 배부른 생각을 하며 안을 엿보곤 한다.

이제 길은 급속히 어둠 속으로 스며든다. 벚나무가 하얀 담벽에 가로등 불빛을 붓 삼아 일필휘지 수묵화를 그리는 때다. 어둠이 짙어가며 건물 층층이 새어 나오는 불빛도 또렷해진다. 불쑥, 서글프다거나 쓸쓸하거나 막막하다거나 하는 감정이 솟구치기도 한다. 부러 애쓰지 않아도 아늑한 저녁 분위기는 감정 선을 톡 건드린다. 어둠처럼 내리깔리는 착잡함에 울컥 눈시울이 젖는다. 부석부석해진 감성이 촉촉해지고 하루를 위로받는 이때가 좋은 이유다. 한 세대를 마지막으로 보내는 아홉수 증세일까. 유독 가을이 센티해지는 연유가. 딱히 잡히는 것 없는 감정들이 기복 심한 사람처럼 흔들리기도 한다. 뒤늦게 오는 갱년기래도 상관없다. 한적한 골목길 저녁 정경에 젖으며 흡족하다.

어느 늦은 오후 해운대 달맞이 언덕에서의 기억 한 자락이다. 해가 막 서산에 걸리고 하늘엔 푸른 기운이 신비한 분위기를 자아냈다. 어느 카페 발코니에서 무심코 바다를 바라보던 중이었다. 수평선과 해안이 펼친 해거름 녘 풍경에 잠시 말을 잊었다. 도시를 두른 해안도, 바다와 접한 산자락도, 먼 수평선도 또렷한 윤곽을 그리며 각 영역을 선명히 드러내고 있었다. 하루가 이울며 그려내는 따뜻한 파스텔화 같은 한 폭 수채화였다. 일렁이는 바다가 아니라 액자 속에 걸린 풍경처럼 고즈넉했다. 오래전 일임에도 선연하게 기억되는 순간이다.

어떤 일에 크게 흥분하거나 방방 뛰지 않고 덤덤해지는 증상은, 생에 땅거미가 내렸다는 뜻인가. 그걸 수긍하고 싶지는 않다. 아직은 땅거미 내릴 시기는 아니라고 변명한다. 나라는 사람을 떠올리면 어떤 또렷한 윤곽이 잡힐지. 그러자면 이순은 넘어서야 하지 싶다. 지금은 그 전 단계로 걸어온 자취가 희미하게나마 테두리가 잡혀가는 그런 시기가 아닐까.

여명이나 황혼 시간대에 닥치는 아주 짧은 순간인 매직아워처럼 기억되면 좋겠다. 그러나 아직은 황혼보다는 여명 쪽에 서고 싶다. 여명은 일어나는 기운이고 황혼은 이우는 때가 아닌가. 하여 지금이 황혼이라며 쉬 받아들이지 못하겠다. 다만, 그곳을 향해 이울고 있는 과정인 것만은 부인할 수 없다. 이런 생각도 홀로 자분자분 걸으며 하게 된 생각이다.

삶이 팍팍한 데서 비롯된 작은 행복 찾기, 이런 행복은 우리 곁에 머무는 일상에 있다. 소소한 기쁨이 행복의 원천이 됨은 두말할 것도 없다. 뜨거운 하루가 서늘해질 저녁 무렵, 세상 느긋하게 골목을 걷는 시간이 요즘 나의 작은 행복이다. 하루를 산 노고를 보듬는 시간이다.

나를 부탁한다

주사위는 던져졌다. 그 존폐 여부를 판결에 맡기고 돌아선다. 떨어지지 않으려는 아이를 억지로 떼어낸 어미처럼 뒤가 찜찜하다. 몰인정하게 떨쳐내려 한 건 아닌가 하고. 선뜻 밀쳐낼 수 없어 미루적대던 일, 태어나면서부터 갖게 된 기호와 나와의 연관성을 결별하려는 참이다.

일상생활에서 쓰는 기호와 서류에 표기하는 기호 사이에서 혼란했다. 각종 적립금 카드며 온라인으로 물건을 살 때에도 그랬다. 그렇다고 생활에 큰 지장을 초래하는 건 아니어서 여태 양다리를 걸쳤다. 그러나 해가 갈수록 날아든 돌에게로 구심점이 모였다. 나와 동고동락했던 원 기호는 찬밥신세가 되어갔다. 구석에 박혀 있다가 이따금 꼭 필요할 때 바람을 쐴 뿐이었다. 의식이 매양 양분되고 내 정체성이 흩어지는 느낌이랄지. 어쨌든 이제는 나를 바로 세우고 싶어 법원을 찾았다.

'기호의 자의성'은 기호와 대상과의 관계에 필연성이 없음을

말한다. '나무'를 "나무"라고 쓰고 /namu/라고 발음하는 필연
성은 어디에도 없다는 해석이다. 나를 호적에 오른 기호로 쓰
고 그리 부르는 데에는 어떤 필연성도 없다는 말이다. 하여 내
삶 중반부에 들어와 나를 지시해온 새 기호 'Na-Hyeon'을 중
심부로 당당하게 입적하기로 맘먹었다.

세련되거나 예쁜 이름을 원해서가 아니다. 십수 년 전, 작명
공부를 꽤 했다는 아들의 국어선생에게 어쩌다 이름풀이를 부
탁했다. 그 결과 호적이름에 신병설이 나오고 손금 운과도 맞
아떨어진다 했다. 미래의 내 몸에 신병설이라니. 누가 듣더라
도 그런 말을 들으면 평온할 리 없을 것이다. 불안해하는 내게
그분은 며칠 걸려 새 이름을 지어주었다. 전문 작명가도 만족
했다고 했다. 성과 이름을 붙여 불러주어야 효력이 있다는 말
도 덧붙였다. 이렇게 내게 온 새 기호는 본 자리처럼 자리 잡
고 만방에 두루 쓰이기 시작했다.

등단할 때에 나를 지시하는 기호로 공식 입성했다. 호적에
만 올리지 않았을 뿐 생활 전반에 당당히 자리매김하게 되었
다. 이렇게 새 기호는 인생 후반부를 함께하고 있다. 태어나며
부여받은 호적명은 차츰 내쳐졌다. 애정이 부쩍 담겼음에도
어쩔 수 없이 좋다는 쪽을 따르는 게 마음도 편했다. 남은 생
을 내다보며 결정지었다. 내 성장과 생의 전반부를 함께한 추
억의 기호를 안식에 들게 하려 한다.

쉽지 않은 결단을 하며 떠오른 사람이 있다. 부모에게 먼저 알리는 게 자식 도리일 터다. 어머니에게 이 사실을 알렸다. 뜻밖에 덤덤하시다. 자식이 잘되는 길이라면 어찌해도 상관없다는 기색이시다. 어머니 반응을 보자 내치는 이름에 갖는 미안함이 좀 상쇄된다. 어쨌든 탯줄에서 독립하며 갖게 된 내 호칭 변경은 부모에게도 허락받은 셈이다.

그동안 숱하게 지칭하고 호칭했을 나의 기호와 결별하는 날이다. 내 삶을 주도적으로 이끌겠다는데 누가 뭐라고 할까마는, 큰일 치름을 스스로 격려한다. 남은 생을 싣고 갈 기차는 새 출발을 앞두고 크게 기적 울린다.

법원 개명신청 창구 앞에 줄 선 사람은 거의 젊은 연령층이다. 대학 입학을 앞둔 청년들 개명이 많다고 한다. 대학에 들어가면서 새 인생을 시작하려는 이유에서라고. 어디 청춘만 새로 시작하라는 법 있는가. 중장년의 꿈도 진행형이다. 나도 주관 있는 앞날을 대비한 실행이다. 공개 석상이나 타인 앞에 드러내야 하는 기호가 자신감을 내포해 삶이 당당해진다면 실행해 볼 만하지 않겠는가.

내 이름이 법원에 들어간 게 두 번째다. 처음엔 잘못 오른 입적 날짜 때문이다. 고등학교에 입학할 무렵 아버지는 내 나이를 바로잡았다. 바로잡지 않았더라면 두 살 젊게 살 수 있긴 했겠다. 하지만 딸의 인생 궤도를 바로 잡아준 아버지 선견이 감사하다. 그러지 않았더라면 쓸 때마다 호적 나이니 실제 나이니 들먹여야 했을 것이다.

이면으로 사라질 이름에 대한 애틋함도 없지 않다. 오빠가 지었으니 혈육의 인연이 깃들었다. 잘 써오고선 신병설이 들었네, 불리지 않는 이름이네 하는 이유를 댔다. 웃거나 운 시간을 함께 보낸 정을 보더라도 그렇다. 미안하다, 내 이름.

이제 나를 지시했던 두 기호 사이에서 혼란할 일은 없을 테지. 결정지으니 찬물 들이켠 듯 후련하다. 후반 삶을 정립하며 나를 부탁한다.

동백꽃 지고

동백꽃이 송송 피어났다. 이른 봄, 새싹이 돋지 않은 노란 잔디밭에 생을 버티지 못한 꽃이 워낙 선연하다. 나무에서 한 생을 꽃피우고, 땅에 떨어져 또 한 번 피었다. 진 꽃이 만든 꽃밭이 처연하다. 지워지지 않는 상흔처럼, 그 바닷가에 빠트린 생명 같은 동백꽃이.

이십 대 초반인 새댁은 첫아이 돌도 되기 전에 시가에 얹혀 사는 처지가 되었다. 위리안치까지는 아니었어도 어촌 생활은 유배생활이나 다름없이 곤궁했다. 딱히 수입원이 없는 시부모, 아픈 시숙, 얹혀 산 우리 가족, 거기다 형제들이 맡겨놓은 조카가 셋이었다. 밥 하고 설거지하고 돌아서면 밥때가 닥쳤다. 어디 밥만 했겠는지.

이런 막막한 와중에 둘째 아이를 가졌다. 태기를 안 지 두 달쯤 되었을까. 어느 날 약한 산통 같은 것이 아랫배를 훑고 지났다. 기분이 싸했다. 아릿한 진통은 멎지 않았다. 사태가 심상치 않음을 알고 배를 대절했다. 읍내 병원까지 구불구불한 신작로로 가느니 바다를 가로지르는 편이 병원에 빨리 도착할 거란 결론에서였다. 배는 아랫배를 움켜쥔 새파란 산모를 싣고 바다를 내달렸다. 얼마간 숨차게 달린 배는 처음 가본 부두에 뱃머리를 댔다. 배에서 내리기 바쁘게 아랫배가 터질 듯 소변이 마려웠다. 해안가로 내달렸다. 다급해 몸을 다 숨기지도 못하고 쪼그리고 앉았다. 드러난 속살을 스친 바람은 얼음골을 지나온 듯 차가웠다.

앉은 머리도 가릴 수 없을 그물 더미 뒤였다. 해안엔 다행히 인적이 없었다. 그러나 툭 트인 해안이라 좌불안석이 되었다. 거기다 뒤처리를 어찌하라고, 뭉글뭉글한 것이 빠져나오며 아랫배가 시원해졌다. 병원에 도착하기도 전에 일이 터지고 만 것이다. 막 잉태되어 형태조차 갖추지 못했을 어린 생명은 어미 몸에서 끝내 명줄을 붙들지 못했다. 영양 결핍과 정서마저 불안정한 어미의 몸이 척박한 탓이었다.

차마 아래를 내려다볼 수 없었다. 어린 새댁에게 불길한 예감이 언뜻 스친 때문이었다. 한 광경을 눈에 담으면 평생 내 그림자처럼 어른거릴지도 모를 거란 짐작이었다. 막연히 염려한 그때 예감은 빗나가지 않았다. 그 해안 풍경과 그물 더미 뒤로 다급하게 앉았던 내 모습이, 사생화 밑그림처럼 또렷하게 떠오르는 걸 보면 그렇다.

그물 주인이 흥건한 꽃물에 소스라쳐 놀라겠지. 서둘러 옷을 추스르며 일어섰다. 주변이 신경 쓰여 뒤쪽으로 막 고개를 돌렸을 때다. 내 시선이 닿은 그곳에 '난 다 보고 있었다.'라는 듯, 막 흘린 생명 같은 동백꽃 몇 송이가 그리도 붉게 피어 있는 게 아닌지. 그 나무가 애기동백인지 겹동백인지는 모르겠다. 다만 서둘러 돌아설 때 눈에 담은 동백꽃은, 여태 색 바래지 않은 그대로 붉다. 그런 사연 때문일까. 망울을 편 동백꽃을 보면 잠시 숨이 멎는다. 사춘기 적 마음에 둔 남학생과 달빛 훤한 고샅에서 단둘이 마주쳤던 때처럼.

그 한두 해 후 아들을 낳았다. 자식이 대학 졸업하면 할 일 끝나는 줄 알았고, 취업하고 결혼하면 부모역할 다 한 줄 알았다. 그러나 부모에게 자식은 평생 마음 끓이는 대상이란 걸 살아갈수록 알게 된다. 제 갈 길 찾아 고전하는 아들 일로 애끓이던 때 불쑥 해안가에 흘린 아이가 생각났다. 그 생명과 생의 연이 엮였더라면…. 찰나에 비집고 든 생각이 섬뜩해 고개를 내저었다. 진 생명도 그 갈 길이며, 온 생명도 더 귀한 연으로 온 것일진대.

대마도에서 동백꽃 무더기를 보고 있다. 고종황제의 막내딸이며 조선 최후의 황족, 덕수궁의 꽃이라는 여러 수식어가 붙은 덕혜옹주. 그 공주의 결혼봉축기념비 안내판을 따라 이곳을 찾아왔다. 이국에 와서 조국 옹주의 흔적을 지나칠 수 없는

인, 애긴한 마음을 앞세우고 한적한 지역에 있는 가네이시 성터를 찾아왔다. 안내판을 따라 들어서자 동백나무 울타리가 둘러쳤다. 울타리를 따라 동백꽃이 새빨갛게 깔렸다. 마치 뿌려놓은 듯. 잔디를 물들인 진분홍 동백 무더기에 눈도 마음도 시리다.

시련의 강점 역사는 막을 내린 지 오래이다. 그러나 비운으로 점철된 덕혜옹주 삶은 어찌할 텐가. 유학 명분으로 일본에 가 일본인과 강제 혼인한 옹주는 참으로 외롭고 막막했을 것이다. 소용돌이 역사의 정점에서 정신이 온전하면 오히려 이상할 지경이다. 거기다 딸마저 일찍 먼 세상으로 보냈으니 그 기구함이 원통하다. 발치에 수북이 쌓인 꽃이 옹주의 애통함을 애도하는 듯하다.

동백꽃 흥건한 이국에서 먼 시간을 거슬러 오른다. 속살을 스치던 겨울 바닷바람이, 갯내 풀풀 나던 그물망이, 그곳을 가림막 삼아 주저앉은 새댁이 어른거려 발길 서성인다. 그때나 지금이나 동백꽃은 무던히 붉다.

꽃피는 춘삼월에 후드득 떨어져 더 애타는 꽃. 요즘 성급한 동백은 꽃 필 시기도 모르고 속절없이 피기도 하더라만. 꽃 피우는 일이란 자연의 흐름을 따르는 법 아니던가. 겨울에 꽃핀다 하여 붙은 동백冬柏이란 이름처럼 추위를 뚫고 꽃 피우는 동백이 장하다. 크게 될 사람은 늦게 이루어진다는데 동백꽃도 꽃 중에 대기만성 꽃이다. 꽃을 보며 앞날의 희망을 본다.

문득 그 부둣가가 궁금하다. 동백꽃도 피었을지.

공간의 기억

　빈집이다. 집은 온기라곤 없이 적요하다. 이런 빈집에 타인의 추억을 전시했다. 가슴 밑바닥에 잠재한 오래된 기억이거나 산 흔적에 가까운 사진들이다.

　액자마다 살다 간 옛사람의 인기척이 들리는 듯하다. 흰옷을 정갈하게 차려입고 그 시간 속에 멈춰 선 늙은 부부, 학사모를 쓴 긴 생머리의 젊은 여자, 그 시간을 기념하며 찍었을 흑백 가족사진이 당시의 시간 속에 머물러 있다. 식구들이 부대껴 살며 썼을 의자며 수건, 한눈에 보아도 묵어 보이는 가구와 널브러진 이불…. 사진 속 빈집의 흔적들이 쓸쓸하다.

　집은 비었지만 실은 비어 있는 게 아니다. 공간을 채운 사람은 떠났으되 살았던 시간은 공간 속에 녹음테이프처럼 감겨 있을 테다. 살 맞대고 살았을 이들의 숨결과 냄새와 기억까지도. 다 떠난 공허한 자리는 살았던 기억을 시나브로 희석하고 퇴색돼가다 가물가물 흔적을 지워갈 것이다.

지은 지 쉰 해 되는 아파트다. 이 집에서 나고 자란 한 사진 작가가 지역주민에게 예술의 온기를 불어넣자며 집을 갤러리로 내어놓았다. 이 공간에서 여는 첫 전시회 주제가 '빈'이다. 가족의 온기로 채워졌던 집은 비어가는 정신의 공간을 회복하기 위한, 사라져가는 추억을 건사하기 위한 공간으로 용도가 바뀌었다. 길게 꼬리 남긴 제트 비행기구름처럼 덧없이 흘러간 쉰 해의 공간이다. 이곳에서 추억은 각자의 표정으로 말을 걸어온다. 아득한 시간으로 들어간 듯 흑과 백으로, 또는 멀어진 아련한 향수인 듯 파스텔로, 혹은 자신만이 간직한 다락방의 기억으로. 모태의 공간에 대한 기억을 재생하며 소멸한 시간의 애틋함을 관람자와 공유한다.

내 회상 속 나의 유년은 늘 흑백으로 펼쳐진다. 세상 색을 걸러낸 수묵화 같다. 의식 속에서든 무의식에서든 추억은 색이 없는 형태로 존재하는 것 같다. 더러 천연색 꿈도 있긴 하지만, 선명하게 재생되지 않는 걸 보면 그렇다. 도화 연필로 그린 밑그림 같은 빛바랜 추억은, 옅어지기는 하되 깡그리 지워지는 일은 없다. 그런 추억을 불러내는 작업 자체가 목말랐던 향수를 깨어나게 한다. '빈'을 주제로 한 전시물이 그렇다. 작가의 원초적 향수 속으로 성큼 걸어 들어간다.

집이 머금은 정적에 에워싸였다. 이곳에 오기까지의 분잡한 생각들이 엿기름물 앙금이 가라앉듯 고요해진다. 바깥세상과는 다른 공간의 블랙홀 속에 있는 기분이다. 이 집이 탄생지인 작가는 가족과의 추억이 밴 이 공간을 어떤 심정으로 내어놓았을까. 황폐해진 유년의 보금자리를 더는 버려둘 수 없어 과감히 내어놓았을까. 내 고향 집을 떠올린다. 어머니마저 돌아가신 집에 이처럼 냉기만 휑하면 어찌할까 하고. 사람이 살지 않는 집은 집이라기보다 공간에 가까울 것인즉.

천장엔 부순 듯 위층으로 커다란 구멍이 뚫렸다. 위층 사람의 등을 데워주었을 연탄아궁이 자리다. 열 평이 채 될까 말까 한 아파트다. 타일을 깐 옛 시설의 부엌이며, 안방과 작은 방이 몇 평씩 자그맣게 구분되었다. 산복도로보다 더 위쪽으로 도로가 나게 한 아파트였겠다. 긴 복도 중간쯤 공용으로 썼을 화장실은 문마다 자물쇠가 채워졌다. 잠옷 바람으로 이웃을 마주쳤을 화장실도 각자의 집 안으로 들어갔다. 꼭 그만큼 세상은 개인 생활화되었을 것이다.

현관과 마주한 창까지는 불과 몇 미터 거리다. 이 창틀에 부산항과 원도심이 눈 아래로 펼쳐진다. 시내를 한눈에 담을 수 있는 전망은 산복도로보다 더 높은 지대인 이곳에서 누린 단 하나의 혜택이었을지 모른다. 열린 쪽창으로 불어오는 바람이 아래쪽 세상에서 보내오는 소식 같다. 딴 세상처럼 보이는 저 평지에서 날아오는 현대판 소식들. 사는 일로 더러 눅눅했을 가슴을 불어오는 바람에 말리고 했겠다. 태초부터 익숙했던 장소처럼 이곳에서 안온하다. 어깨에 묻은 긴장이란 다 풀어 놓고 오래 홀로 앉아 있다. 방문객이 오지 않았으면 했다. 흑백사진 같은 아늑한 공간에 더 머물고 싶어서다.

빈집은 두 번째 생을 일구는 중이다. 옛것을 보존하기보다는 갈아치우는 현 세태로 볼 때 이 장수 아파트가 언제 헐릴지 모를 일이다. 이렇게나마 공간의 기억을 건사함이 퍽 다행스럽다. 우리는 추억 속에서 원초의 감성으로 돌아가곤 하지 않던가. 떠올리면 눈물겨운 기억이든 생각하기 싫은 시간이든 자신의 근원을 들여다보게 된다. 멍하니 나를 내려놓고 누군가의 근원을 들여다보고 있다.

집에는 의식의 세계와 무의식의 세계가 공존한다는 말이 맞는 것 같다. 거주한다는 건 주체가 되어 집 내부에 머무는 행위이다. 그곳에는 대체로 가족이 함께한다. 거기서 머무는 하루하루의 역사는 시간 속에 저장된다. 또한, 공간에 자취를 남기며, 가족들에게 의미 있는 장소로 남는다. 존재는 장소에 거주하고, 장소는 곧 가족 삶의 무대다. 장소가 품어주던 가족이 사라진 집은 과연 집이라 할 수 있을는지.

다만, 대부분 사람은 어떤 곳에서 살고 싶어서 살게 되는 건 아닐 거다. 거기에 산다는 건 우연이기도 하고, 준비된 삶이기도 할 터다. 어떤 경로든 거주한 장소의 의미는 특별할 것 같다.

빈집을 나서며 사라져가는 것에 대해 묵념한다. 그것이 추억이는, 사람이든.

불꽃

가끔 촛불을 켠다. 공기정화를 하기 위함일 때도 있지만, 썩 자주 있는 일은 아니지만 기도를 하기 위해서일 때도 있다. 오늘따라 초의 심지가 바닥에 납작 달라붙었다. 불꽃이 영 시원찮다. 가물가물 흔들리며 가녀린 숨을 할딱인다. 생의 애착처럼 검질기다는 생각이 든다. 불은 아궁이 불이든, 촛불이든 화르르 타올라야 불답다. 한번 열렬히 피어보지 못하고 스러지는 건 애달프다. 하물며 세상에 왔다가 가는 생의 불꽃이야 말해 무엇 하리.

불이 끝내 꺼진다. 실연기 피는 초를 앞에 두고 한 사람을 회억한다. 고작 반환점을 찍고 간 그 생이 애잔하다. 평생을 두고 바람 앞의 불꽃처럼 살다간 사람. 문득 고승이 오도송悟道頌을 짓듯 한 생각을 길어 올린다. 다 부질없는 생각이지만 나만 움켜쥐고 산 건 아니었냐는 자책이다. 다 지나고 나서야 알아버린 어리석은 깨침이랄지.

초가 촛불답게 사르고 싶은 열망이야 왜 없었겠는가. 요는 환경 탓이 컸다. 초의 몸피는 공기와의 접촉을 차단한 벽이었다. 불꽃이 그 벽 속에 갇힌 때문이고, 불을 타게 할 바람 길이 막혀 생긴 결과였다. 나도 벽을 사방으로 둘러친 견고한 성이었다. 그 성에다 나를 가두었다. 울타리 너머에서 일어나는 다양한 불꽃을 관망했다. 성격이 화통하다고 해서 마음까지 열렬하게 움직이는 게 아니었으며, 조신하다고 미적지근하거나 한 것도 아니었다. 마음의 불꽃이란 혼이 나간 듯 타올라볼 만하다는 생각을, 간당간당 숨만 붙은 촛불을 보며 하고 있었다.

혹자는 첫사랑의 애틋함을 신화처럼 간직하고 산다. 나는 이 첫사랑이란 단어를 대하면 슬쩍 불편해진다. 누구나 몸속 장기처럼 간직한 그 애틋한 추억의 부재로 인함이다. 생각의 가닥이 가닿기만 해도 감정선이 움찔 꿈틀대는 첫사랑의 추억도 별로 없다. 해서인지 아련한 그리움의 대상으로 딱히 누군가 떠오르지 않는다. 무어 그리 바빠 성년이 되기 바쁘게 새파란 철부지로 결혼했는지. 학창시절, 편지를 주었거나 받았던 대상은 썩 아련하지 않다. 그게 첫사랑이긴 했나 싶어지기 때문이다.

앞서 산 인생 선배들이 말하기를, 결혼할 남자에게 꼭 술을 먹여보라고 했다. 주사酒邪란 게 평생 유전자처럼 안고 산다고. 그에게 술은 고단한 하루를 위로하는 동지였다. 그러나 그 동지를 집에까지 동반하는 게 문제였다. 가족은 차츰 술 냄새를 기피했다. 술이 부추겨 만드는 일방 대화의 시간을 버텨야 했다. 한밤중에 걸레를 들고 일없이 무릎 꿇고 집 구석구석을 닦았다. 술 냄새 풍기는 말이 밤공기 중에 날아다녀도 한 귀로 흘려들었다. 곧 지쳐 벌렁 드러누울 것이기에. 화목했거나 티격태격했거나 기억 속 시간은 다 회한에 젖게 한다.

지나온 길에 헛한 시간을 보낸 적은 없다. 그 시절마다 열심히 살았다는 자긍심을 가진다. 그런 중에도 회한처럼 되짚어지는 것들이 있다. 지난 어느 순간에 이랬더라면, 혹 다른 길을 선택했더라면 운명의 수레바퀴가 달리 굴러갔을까 하는 생각이다. 결혼 전 직장을 객지에서 고향으로 옮겼더라면, 결혼을 좀 늦게 했더라면, 부산으로 이사 오지 않았더라면 하는 것들. 그는 어디서 무슨 말을 듣고 왔는지, 우리가 헤어질 운세인데 여태 같이 사느냐고 하더라고 했다. 어떤 점쟁이가 남의 운명을 엿보았는지 모르지만 그러려니 하고 흘려들었다. 두어 번 같은 말을 들으니 기분 유쾌할 리 없었다.

그 말이 생이별을 말하는 줄 알았다. 정확하게는 이혼을 뜻하는 줄 알았다. 내 사전에 자식을 두고 이혼이란 없다며 못 들은 척했다. 영영 헤어짐이란 걸 짐작하고 지혜롭게 대처했더라면 쿵쿵 지축을 울리며 다가왔을 운명의 그림자가 발길 돌렸을까. 인정사정없는 회오리가 삶의 정중앙을 휩쓸고 지나는 일은 없지 않았을까. 늦을 거라는 전화가 두 번이나 왔을 때, 살갑고 걱정 담은 목소리로 빨리 들어오라고 말했더라도…. 운명이 훼방을 놓고 싶은 대상이 있는지는 모르겠다. 작정한 듯 몰아치는 어마한 힘 앞에 좀 다소곳했더라면 결과가 바뀌지는 않았을까. 살아가는 데 별 도움도 되지 않는 이런 회한이 부지불식간 스치곤 한다.

자동화 기기에서 통장 내역을 정리했다. 거래 내역을 훑어보다 한 글자 앞에서 시선이 굳는다. 불꽃. 근자에 연속해서 찍혔다. 통장 주인의 흔적이다. 뜨거운 불꽃이 얼굴을 훅 스친다. 그가 화염 속에서 외로운 생을 위로받을 동안 나는 그를 방치했다. 늦게 온다고 잔소리도 하지 않았고, 얼굴을 찌푸리지도 않았다. 이런 무관심이 그를 절벽 앞에 세우고 밖으로 내몬 건 아니었나 하고 돌이킨다. 방황하던 그가 간 그곳에는 잔뜩 치장한 마담이 반색하며 맞아주었을지도 모를 일. 눈이 맞았을 수도 있겠다. 가여운 영혼이 위로받았다면 다행 아니겠는가.

맥없이 흔들리던 촛불도 끝내 자지러졌다. 파리하게 숨 붙었던 불이 조용히 산 흔적을 감추었다. 모년 모월 모일 모시에 촛불이 운명하다.

가슴이 벌렁댄다. 북엇국이라도 끓일까 보다.

광염 狂炎

불이야~, 담장을 넘는 소리가 날카롭다. 사태의 위급함이 묻어났다. 얼굴이 노래진 어른들을 따라 마당으로 내달렸다. 뒷집 초가지붕에 불길이 벌겋게 치솟았다. 지붕 이엉에 거대한 불덩이가 그 혀를 날름거렸다. 미친 듯 날뛰는 불을 아연실색하여 바라보는 사람들 얼굴도 열기로 달아올랐다. 집채를 에워싼 어마한 불덩어리 앞에서 속수무책으로 심장만 벌렁거렸다. 불은 초가 한 채를 머금고 아귀처럼 삼켜갔다.

마을 사람이 다 나와 우물에서 양동이로 물을 길어 날랐다. 그 물은 참새가 갈기는 오줌 한 줄기만큼 약했다. 불길을 잡기에는 턱없이 부족했다. 기세를 잡은 악마의 입은 마을이라도 삼킬 듯 바람 따라 불길을 이리저리 휘갈겼다. 바로 앞집인 우리 집 기와지붕에까지 열기가 뻗쳤다. 불이 옮겨 붙을까 다급해진 아버지는 쇠죽 가마솥 위 흙벽에 걸려 있던 덕석을 가져와 지붕에 덮고 그 덕석에다 물을 끼얹었다.

초가 한 채가 보는 앞에서 사라졌다. 마을 사람들은 우왕좌왕 할뿐 손쓸 상황이 못 되었다. 초가가 앉았던 자리에는 푸석한 잿더미만 수북이 쌓였다. 새까맣게 탄 기둥 몇 개와 집 골격만 남아 집의 흔적을 알렸다. 뒷집이 있던 자리는 뻥 뚫리고, 그 뒷집이 훤히 보였다.

그날 밤 뒷집 식구들은 어디에서 잠을 잤을까. 먼저 일어난 사람이 대보름 더위를 팔아먹던, 뒷집 소꿉친구 영옥이 오빠가 술김에 불을 질렀단다. 내가 이불에 오줌을 지리면, 어머니는 내 키만 한 키를 씌워 뒷집으로 소금을 얻으러 보냈다. 종종 키를 둘러쓰고 소금 얻으러 가던 뒷집, 사촌오빠보다 친근했던 뒷집 오빠가 그랬단다. 그토록 붉은 불을 여태 본 적 없다. 그때 불의 기억은 여태껏 모든 불을 대표하는 불로 기억된다.

해운대 백사장에서 열리는 정월대보름 달집 태우는 현장에 갔다. 몇 층 높이로 쌓아 올린 나무더미 아래쪽에 기름을 붓고 불을 붙였다. 시커먼 연기가 퐁퐁 솟던 나무더미에 불길이 제대로 붙자 그 위용이 펄펄했다. 둘러선 사람들은 그 불덩이에 한 해 무사 무탈하기를 기원하며 손을 모았다. 어떤 이는 액운소멸을 기원하며 속옷과 소망종이를 불덩이에 던졌다. 이런 인위의 불 앞에서도 잘 마른 집채가 타던 불의 영상은 겹쳐졌다. 그 붉음의 농도는 달집 태우는 불이 따르지 못했다.

뒷집 영옥이 오빠가 술에 먹혀 지른 미친 불놀이였다. 어떤 분노와 증오와 몹쓸 생각이 그 무서운 일을 벌이게 충동질했을까. 친구 오빠의 뒤틀린 생은 광기를 삭이지 못하고 끝내 농약으로 마감했다. 결혼도 못 해본 총각인 채. 그런 그를 떠올리면 김동인의 「광염소나타」 속, 방화하는 짜릿함 속에서 작품의 영감을 얻는 백성수가 떠오른다. 먹물 근처에도 간 적 없는 뒷집 오빠는 가족이 거처하는 집에 불을 지르고 어떤 카타르시스에 도달했을까. 그 궁극은 자신의 소멸로 이어간 꼴이 됐다. 농사에 꼭 있어야 하는 농약을 뒷집 오빠도 마시고, 동네 아재도 마셨다.

고향 집에 갈 때면 집 벽을 돌아 뒤꼍으로 간다. 서녘으로 이우는 불콰한 해가 쉬어가는 작은 텃밭이 그곳에 있다. 앵두가 발갛게 열리고, 돌담을 따라 골담초 꽃이 노랗게 열리던 데다. 뒷집 낮은 담벼락과 우리 집 뒷벽 사이, 세상을 비껴난 아늑한 이 공간에서 옛 시간 속으로 돌아가곤 한다. 뒷동산처럼 높이 치솟던 불덩어리도 예외 없이 떠오른다. 지금 뒷집에는 남자들이 서둘러 먼 세상으로 떠나고, 내 친구의 올케 혼자 농사지으며 산다. 박 바가지에 소금 담아주던 볼 붉던 새댁이 늙수그레한 얼굴로 앞 집 아이를 반겨준다. 주고받는 두 사람 눈빛 저 깊숙이 아득한 시간들이 지나간다.

그때 화염을 방불케 하는 여름 속에 있다. 바야흐로 광염의 터널을 지나는 중이다. 귀 따갑게 울어대는 매미소리가 담장 너머에서 들리던 다급한 외침 같다. 창밖 더위가 불처럼 무섭다.

문장을 위한 고독

글 쓰는 시간은 자아와 대면하는 시간이다. 글을 쓰며 내 안의 나를 만난다. 여행도 비슷한 맥락이다. 여행을 통해 잊고 있던 것과 멀어진 것에 대해 생각하게 된다. 무엇을 들여다보려면 고독해야 한다는데 여행도 고독할 때 심안으로 바라보게 되는 것 같다. 소실점이 없는 글 쓰는 작업과 비슷하다. 여행이나 글이나 다 막연함과 막막함으로 마주하는 일일 것이다. 혹시 모르는 희망 같은 걸 염두에 두고 행하는 과정이 그래 보인다. 내면을 정리하며 부족하거나 못난 부분을 스스로 인지하고 채워가는 그런 과정이.

여행하며 신발의 구속에서 해방되어 하루를 보낸 적 있다. 푸껫에서 인근 부속 섬으로 가는 보트를 탈 때 신발은 벗어두고 탔다. 발이 속박에서 벗어나자 심신이 새털처럼 가벼웠다. 신체 일부를 두고 가는 듯 허전한데 이런 마음과는 달리 걸음은 사뿐사뿐하고 해방감도 따랐다. 그 자유로움에 신발 착용

여부조차 곧 잊었다. 거치적거릴 것 없는 하루는 홀가분했다. 발의 감각이 전신을 지배하는지. 안방이 아니고선 맨발로 하루를 보낼 일이 없다. 설탕처럼 보드라운 모래를 밟을 때 발바닥에도 처음인 듯 예민한 감각이 깨어나는 기분이었다. 신발에서 벗어난 발처럼 일상을 빠져나온 자체가 여행인 것 같다. 틀을 벗어나 심신이 깃털처럼 가벼워지는 상태가.

　그 여행길에 생과 사랑과 여행에 관한 문장을 읽었다. 생, 사랑, 여행… 우리가 살아가는 삶을 총체적으로 요약한다. 길을 나서면 소설보다 재미난 세상이 펼쳐진다. 그럼에도 읽을 책을 챙겨 간다. 실은 몇 장 넘기지도 못하고 그대로 들고 올 때가 더 많다. 아예 첫 장도 열지 못하고 돌아오는 일도 있다. 그럼에도 챙겨 가는 건 자투리 시간을 보내는 지혜이기도 하지만, 여행지에서 읽은 책은 오래도록 기억에 남는다는 걸 경험했기 때문이다. 해서 책 선택에도 신중해진다. 무거운 주제보다는 가볍게 읽어 넘길 책이 어울린다.

　앞에 보이는 신세계가 모두 문학이 아니랴. 피부색과 얼굴 생김새가 다른 보트 선장, 까만 피부의 흑인계 DJ, 한국에서 온 신혼부부, 다른 언어를 쓰는 젊은이들, 저 멀리 산등성이에 걸린 구름에 물드는 노을까지…. 사위가 일몰에 들자 국적이 다른 사람들이 가장 순한 본연의 얼굴로 고독 속으로 빠져들었다. 생과 사랑과 여행의 집합체에 강렬하게 소속되는 순간이었다. 주어진 생을 끌어안고, 그 생을 사랑하면서, 지금을 여행하고 있다며 자신에게 무한한 격려와 찬사를 보냈다.

결정적 순간도 일상의 순간일 뿐이라는 레몽 드파르동은 사진계의 살아 있는 전설이다. 수십 년간 전장을 누빈 종군기자다. 나날이 치열한 삶을 건너온 그는, 노년에 이르러서야 분주함에서 벗어나 다른 길로 들어선다. 바깥으로 향하던 렌즈를 이윽고 자신의 내부로 돌린 것이다. 익숙한 자리, 셔터를 눌러야 하는 긴박한 결정적 순간이 강요되던 그런 자리를 벗어나 세상과 조용히 마주 선다. 늦었지만 자신과 대면하는 느린 인생 여정에 든다. 길과 나무, 사막, 텅 빈 거리, 밤의 상점, 버려진 자동차, 창밖의 풍경, 구름…, 노장의 시선에 든 풍경은 견고하고 고독하다. 우리가 여행지에서 만나는 풍경도 주로 이런 것들이지 싶다. 그 안에 서 있는 나를 바라보는 것….

생의 기나긴 길을 거의 지나와 마주하는 고독. 그것은 나로부터 멀리에 있고 가까워지지 않던 대상과의 만남이며 눈뜸일 것이다. 고독이 깊을수록 자신을 더 깊숙이 들여다보게 되는 걸까. 길 위에서는 세상과 사물과 대상에 좀 더 그윽한 시선을 보내게 되는 것 같다.

평생의 동반자로 발맞추어 가는 문학도 그 고독 안에서 원숙하게 만나지 않나 싶다. 견고한 고독의 길을 걸어가며 진정 더 고독해지기를, 고독이 무르익어 스스로 경탄할 문장을 짓기를 갈망한다. 아직 마음에 드는 문장을 짓지 못한 건, 정녕 충분히 고독하지 않았던 탓은 아니었나 하는 생각도 든다.

문학이란 정녕 생이고 사랑이며, 먼 길 떠나는 여행임이 분명하다. 그 머나먼 길 걸어가자면 부단히 고독해지고 고독에 친숙해야 하리. 그 안에서 솔직한 나를 만날 수 있도록.

2부

나의 시간

내리는 눈발 속에서는

　기도의 응답 같다. 뭇사람 가슴에 고인 염원이 하늘에 닿아 마침내 느낌표로 내려오는 눈. 하염없이 쏟아붓는 눈발을 보고 있으면 기도 자세가 된다. 손만 모으지 않았을 뿐 가없이 쏟아지는 눈을 향한 말없음의 기도. 내리는 눈발 속에서는 어떤 염원을 담거나 담지 않거나 눈빛이 아득해진다.

　눈이라는 게 없다면 얼마나 삭막할까. 음악이 없으면 귀가 권태로울 것이고, 눈[雪]이 없으면 영혼이 피폐해지진 않을까. 하늘이 지상을 정화하려 뿌리는 꽃잎 같은 눈, 그 눈으로 하여 곤궁한 삶의 실태에도 한때 눈꽃이 핀다. 비록 곧 녹아버릴 잠깐의 영화일지라도 눈은 순백의 꽃을 피운다. 함박눈이 내리면 잃어버린 동심 같은 설경 속에 한 며칠 있고 싶어진다.

　그날 전주 하늘은 밤을 새워 눈을 퍼부을 기세였다. 하룻밤 사이 전주 한옥마을은 새로 생겨난 작은 고을 같았다. 온통 눈에 덮인 채 부신 자태를 하고선 밤새 아무 일 없다는 듯 태연했다. 하늘은 눈을 매개로 모의하여 마을을 설국 궁전으로 바꾸어 놓았다. 태조 이성계의 본향이며 전통과 풍류가 공존하는 이곳, 소복을 입은 듯 차분한 눈 풍경에 반 넋이 나갔다. 영하의 맹추위에도 심장은 쿵쿵 뛰고 굴레 벗은 망아지처럼 눈밭 속으로 뛰어들었다.

문학행사 차 십 년을 드나들도록 본 적 없는 한옥 설경에 마음들이 풀렸다. 쏟아지는 눈사태에 주민들은 큰 빗자루로 집 앞을 쓰느라 입김을 내뿜었다. 눈 덮인 한옥 마을은 하늘에서 그대로 내려놓은 마을처럼 정결해 보였다. 숙소 호텔 화단 소나무 몇 그루도 두툼한 눈 뭉치를 뭉텅 달고 휘었으며, 게스트 하우스 '전망'도 나뭇결이 짙게 살아나고, '황손의 집'으로 가는 기다란 흙 담장도 뽀얀 눈가루가 소복이 덮였다. 골목에 선 자동차는 창문 하나 빠끔하게 남기고 눈차가 되었다. 치즈 가게와 수제 초코파이 가게를 지나 전동성당으로 가는 길엔 가로수 나목마다 솜뭉치 같은 눈꽃을 피웠다. 추위 속 가로등은 유독 푸르고 빨갰다. 어린이보호구역을 알리는 운치 없는 간판도 샛노랗게 들떴다. 전동성당 뾰족 돔은 그곳이 천상인 양 겨울나무 사이로 겨울햇살처럼 빛났다.

사실 살아가며 어떤 일에 거는 기대가 크면 실망도 따를 수 있다. 예견했더라면 눈의 감흥도 좀 덜했을지 모른다. 연륜을 쌓아가며 매사가 덤덤해지는데 이런 미적지근한 감성을 전주

하늘이 휘저어 놓았다. 행사가 끝나가는 초저녁부터 도시는 회색 외관을 차츰 하얗게 갈아입기 시작했던가 보다. 밤이 깊어갈 무렵이라 그 일은 조용하고 은밀하게 진행되었을 것이다. 실내에서 2부 행사로 들썩거릴 때 바깥에선 눈의 역사가 쌓이고….

삭막한 감정이 뜨거워지자 반백의 여자들이 나이도 잇고 방방거렸다. 생전 처음 보는 세상 같은, 눈이 펑펑 내리는 밤 골목을 걸었다. 기억 속 아랫목 같은 뜨거운 위안을 받으며. 삶이 지루해도 이처럼 다독이는 순간이 있으면 버틸 수 있을 것 같다. 느닷없이 마음 설렐 일이 몇 번이나 닥치겠는가.

밤새 눈 세례를 받은 도시는 다음 날 완전히 고립되었다. 행사 참가 차 전국에서 모인 사람들 발도 묶였다. 하루쯤은 휴대폰을 끄고 오로지 자신만 있고 싶은, 바래지 않을 영상으로 남을 시간 속에 있었다.

눈은 순수함에 가장 근접하게 했다. 마주한 것들이 다 아름답고 의미가 담겼다. 서로 간 주고받은 눈빛과 눈짓, 긴장 풀린 마음이 그 안에 녹아들었다. 여자의 변신을 두고 나무랄 자 없다던가. 그렇다면 여자가 담아온 그리움도 무죄겠다. 돌아와 회상하는 그 밤엔 여전히 눈발이 날린다. 내리는 눈발 속에서는* 다 괜찮다고 속삭인다.

* 서정주의 시 「내리는 눈발 속에서는」 인용.

나의 시간

　난해하다. 아무리 봐도 판독불가다. 그림이었다면 추상화려니 여겼을 것이다. 붉은 벽돌색이 주조인 엽서만 한 직사각형 사진이 대형 정사각형 액자에 빼곡히 들어찼다.

　작은 사진을 더 가까이서 들여다본다. 이불이 보인다. 베개도 있다. 일반 온돌방 잠자리의 모습이다. 작은 사진마다 이불과 베개 위치만 바뀌었다. 담갈색 이불이 한 채, 눌린 형태로 보아 메밀을 넣었을 것으로 짐작되는 베개가 둘, 그것을 전기 스위치가 달린 주홍색 누비 요가 받치고 있다. 색상도 의도한 것일까. 부러 마름모로 배치했나 싶은 빨간 요는 전체 구도에서 안정감과 색감을 주도한다. 이 작은 사진들이 하나의 큰 도안으로 보이는 착시를 일으킨다.

　백일 동안 촬영한 아침 기상 풍경이다. 카메라를 같은 위치에 배치하고 아침에 일어날 때마다 셔터를 누른 모양이다. 가로 세로 열 장씩 백 장이다. 백 장의 사진은 백 일간 날마다 찍었겠다. 평범함을 낯설게 표현한 본보기다. 기발하기에 앞서 그 발상이 놀랍다. 아무것도 아닌 것을 그 무엇이 되게 했다. 이런 창의적인 시도는 그에 준하는 시도조차 해보지 못한 나에게 질책이 되어 돌아온다. 일상에서 건진, 썩 특별할 것이 없음에도 실체가 분명한 다른 사진보다 특별나다. 자고 난 잠자리의 이불은 하루도 똑같은 게 없다. '나의 시간'이란 주제에 가장 근접한 작품 앞에서 할 말을 잊는다.

알아채지 못할 작은 변화에서 주인의 시간이 읽힌다. 이불 속에 남았을 온기도 느껴지는 듯하다. 이는 짧은 글 한 편이 전하는 메시지보다 강렬하다. 일상을 포착한 감각의 촉수가 예리하다. 그러기까지 자신의 시간을 찾아 두리번거렸을 것이다. 무료하고 큰 변화가 없어 자칫 그만둘 수도 있을 작업이었을 것이다. 무언가를 목표로 한다는 건 그만큼의 고뇌와 마음가짐이 따라야 했을 터. 날마다 반복되는 보통의 일이 작품으로의 생명을 부여했다.

일상을 대하는 무딘 감성을 반성한다. 글에서든 사진에서든 건성건성 하지는 않았는지. 과연 한 주제에 이만큼 집착하고 천착한 적이 있었던지. 그 본질을 찾아내려 깊이 고심했는지…. 설명이건 묘사건 예술은 먼 곳에 있는 게 아니었다. 아름다움은 익숙한 것들에 있으며 이런 아름다움은 늘 번득이는 정신에서 기인할 것이었다.

백일이 아니라 열흘이면 어떠하랴. 꼭 글을 쓸 목적이 아니라도 상관없다. 나도 지극히 평범한 뭔가를 시도해 보기로 한다. 우선 아침 식단을 적어본다. 1일째 바나나 주스, 빵, 견과…. 2일째 우유, 떡, 사과…. 3일째…. 아침 식사를 간편하게 먹을 때라 딱히 변화가 없다. 기록한 지 며칠 만에 시들해진다. 다음은 그날 읽은 글로 정한다. 이는 더 빨리 한계에 부딪힌다. 아예 읽지 않거나 찔끔찔끔 읽을 때가 더 많기 때문이다. 소설을 읽는다면 그 페이지를 적어야 할 것이니 이도 마땅치 않다는 결론이다. 다음엔 아침 날씨로 이어졌다. 구름 낌, 구름 끼어 찌뿌드드함, 화창함, 희끄무레함, 비가 올 듯함, 구름 짙게 끼어 잔뜩 흐림, 소나기 퍼부음…, 며칠 만에 싫증이 난다. 부러 창문을 열어 하늘을 보는 일도 번거롭다. 날마다 다른 표정의 하늘에 걸맞은 적확한 어휘를 찾아내기란 쉽잖다. 그보다는 귀찮다. 수월함과 편안함을 좇으려는 본성이 드러난 결과다.

결국, 이도 저도 열흘을 잇지 못하고 두 손 든다. 억지로 일기 숙제를 하는 것처럼 재미가 없다. 무슨 일이든 스스로가 좋아서 해야 최선의 결과물도 나올 것인즉.

하긴 진득하게 적은 기록이 전혀 없진 않다. 탁상달력의 기록이다. 정초부터 쭉 공란이던 날짜 칸이 어느 달에서부터 글자로 메워져 있다. 5개월여 어떤 일에 집중한 기록이다. 환희,

고통, 영광, 환희, 고통, 영광…, 단어 배열이 일정하다. 일련의 숫자도 적혀 있다. 가톨릭 기도인 9일 기도를 한 표시이다. 나 일론 신자이지만 간절한 소망이 있을 때나, 닥친 큰일 앞에 기도 말고는 할 일 없어 무력할 때 묵주를 생각한다. 청원기도 27일, 감사기도 27일로 하나의 지향을 둔 기도를 끝내는 데 54일이 걸린다. 두 번의 지향을 두었으니 108일을 소요한 셈이다. 날씨가 슬슬 더워질 무렵부터 그만뒀는지 그때부터 날짜 칸은 비어 있다. 텅 빈 날은 뭘 하며 다 흘려보냈는지. 그냥저냥 아까운 시간 다 흘려보냈는가 싶어 자책한다.

공간의 기록은 행동이 아닌 행위가 전제되어야 할 일. 거기다 의식한 행동이 따라줘야 하는 작업이다. 계획에 앞선 마음가짐이 작품의 근간이 되지 않았나 싶다. 무심하게 흘려보낼 일상을 작품화해 남긴 작가에게 찬사를 보낸다. 너무나 익숙한 대상을 끌어내어 낯설게 보여준 모범 예시는 수필 강의를 들은 감동을 주었다. 오래 고심한 작업 정신을 들여다본 느낌이랄지.

아름다운 것들은 삶 속에 있음을 처음 안 것처럼 깨친다. 평범한 일상 속에 빛나는 그 무엇이 있다는 것을, 소소한 일상이 쌓여 개인의 역사가 된다는 진리를 배운다. 백 일의 시간이 준 여운이 길다.

가을 불국사역

발치에 바람이 선들 스친다. 호계와 경주 사이, 불국사역을 알리는 파란 안내판이 반갑다. 경주역으로 뻗친 기차선로가 저만치 소실점으로 사라진다. 기차를 타고 와 불국사역 플랫폼에 내렸다.

바람 쐬고 싶을 때 동해남부선 기차를 탄다. 거리에 부담이 없고 어느 역에서 내려도 그 역만의 운치가 있는 노선이다. 남창, 경주, 안강역 앞엔 제법 큰 규모로 오일장도 열린다. 먼 데 상인들도 기차를 타고 와 전을 펼친다. 불국사역에서는 역 앞 갈비국수를 먹어야 여행한 보람이 있다.

작은 기차역엔 그 뒤꼍마다 소담한 정원이 있다. 기차를 타고 내리는 이들을 이 화단이 먼저 반긴다. 역을 선뜻 나서지 않고, 자주색 소국이 망울망울 핀 화단으로 향한다. 집 뒤꼍처럼 소담한 화단에 빨간 봉숭아꽃이 소복소복 피었다. 역 터줏대감처럼 건재한 일본 향나무도 여느 역에서처럼 자태가 말쑥

하다. 제 피는 시절이 있는 꽃도 변해가는 기후 탓에 그 시기에 혼란을 겪는다. 절차 시드저가는 봉숭아도 이러다 영영 모습을 감추는 건 아닐지. 봉숭아 꽃씨를 받아 지천으로 꽃 피우게 하고 싶다.

허여멀건 손톱을 보다 봉숭아꽃에 손을 대고 만다. 몇 해 전까지만 해도 한 해 거르지 않고 봉숭아물을 들였다. 가을 끝자락까지 손톱 끝에 남은 봉숭아물을 보며 가을을 배웅하곤 했다. 빨간 봉숭아꽃 한 줌을 후딱 따서 주머니에 넣는다. 태연하게 역을 빠져나오다 역무실을 흘깃 바라보니 마침 아무도 없다. 꽃 도둑질한 가슴이 콩콩 뛴다.

역사 앞마당 나무에도 단풍 물이 들기 시작했다. 불국사역 기와지붕도 늘 보던 그대로 고풍스럽고 정취 있다. 이 마당에서 10여 미터도 못 가 갈비국숫집 '갈비랑 국수랑'이 있다. 몇 번 먹어봤지만 생각하면 또 먹고 싶어진다. 우글쭈글해진 알루미늄 양푼에 담아주는, 썩 특별할 것도 없는 고명 없은 잔치국수와 숯불에 구운 양념돼지갈비는 희한하게도 궁합이 잘 맞다. 국수만으로는 자칫 허할 속이 갈비 몇 점에 든든해진다. 다소 엉뚱해 보이는 조합이 매력 있다.

불국사역이라는 배경이 없었다면 운치가 빠져 감칠맛이 덜 했을지도 모르겠다. 역과 국수의 어울림이 꽤 낭만적이다. 어쨌든 갈비국수라는 이름값을 하는 곳은 분명하다. 불국사역이지만 불국사가 인근에 있지는 않다. 그 앞 버스정류장에서 버스로 40분여 가야 불국사에 닿는다.

식탁엔 삶은 황갈색 약쑥 달걀도 있다. 깨어 먹고 계산하면 된다. 달걀을 보자 얼마 전에 본 친정집 냉장고가 떠오른다. 어머니 혼자 계신 시골 냉장고 달걀 칸에 달걀이 수북이 재여 있었다. 없어 못 먹었던 귀한 달걀이 냉장고에서 맛을 잃어가고 있었다. 냉장고 정리도 할 겸 달걀 프라이를 해 먹어야겠다며 달걀을 수두룩이 꺼냈다. 흰자와 노른자가 속껍질에 말라붙어 흘러내리지 않았다. 얼마나 오랜 시간 찬 데 있었던 건지. 스무 개 정도로 넓적한 달걀프라이 한 판이 나왔다. 그러나 그 맛은 고소하지도 않고 아무런 간도 느껴지지 않았다.

아무리 맛난 음식도 같이 먹어야 제맛을 맛볼 것이다. 혼자 앉은 식탁에서 뭔 맛이 있겠는가 싶다. 나도 나이 먹어갈수록 식성도 달라지는 걸 느낀다. 이럴 때마다 오래전에 아버지가 하신 '맛있는 것도 없고, 먹고 싶은 것도 없다.'라던 말씀이 생생히 들린다.

삶은 달걀 하나를 나무 식탁 모서리에 대고 톡톡 두드린다. 전날 통화한 어머니 여윈 목소리가 이명처럼 울린다. 왜 이리 아프냐고, 죽지도 않고 왜 이리 아프냐고…. 폭서에 기력이 쇠해진 어머니가 자리보전하셨다. 선선한 가을이 다 지나도록 기운을 회복하지 못했다. 관절염까지 합세해 어머니를 짓눌렀다. 삶은 달걀 누리끼한 속살 식감이 서늘하다. 식었지만 속은 탄실하게 익었다. 타고 온 무궁화 기차 속도로 노모를 태운 열차가 내리막길로 내닫고 있다. 이승의 종점은 더디 오면 좋으련만, 쉼 없이 길 재촉하는 노모 생각에 달걀 먹은 목이 턱 받친다.

아버지 돌아가신 지 몇 해째. 아버지란 존재는 썩 그리운 대상이 아닐 줄 알았다. 그러나 흐르는 시간이 무색하게 불쑥불쑥 그리움이 차오른다. 그 빈자리는 다른 무엇으로 메워지지 않을 자리일 줄 몰랐다. 어머니마저 안 계신 고향은 얼마나 황량하고 쓸쓸할지.

숯불 냄새를 앞세우고 갈비 몇 점이 앞에 놓인다. 맛국물이 먹음직한 잔치국수도 침샘 자극하는 양념장 냄새 앞세우고 앞에 놓인다. 이런 국수에는 달짝지근한 단무지보다는 양념 짙게 밴 무말랭이장아찌가 어울리겠다. 어느 반찬가게에서도 흉내 내지 못하는 어머니의 무말랭이장아찌. 이 장아찌가 먹고 싶을 때 천애고아인 듯 어머니가 보고 싶을 것 같다.

어느 가을날, 혼자 먹는 국수가 술술 넘어간다. 연한 양념돼지갈비도 적절히 분배해 먹는다. 주변 테이블엔 친구끼리 또는 가족끼리다. 역 앞에서는 혼자라고 주눅들 이유가 없건만 괜스레 눈치가 보인다. 아무렇지 않은 척 어깨에 힘을 준다. 혹 청승스럽거나 처량해 보일까 하고.

역 앞 광장으로 나선다. 내 신세를 어찌할까 한탄하던 어머니 심려인 듯 바람이 스산하다. 성급하게 진 낙엽처럼 마음이 스산한 건지 모르겠다. 불국사역 버스정류장에서 불국사 가는 버스를 기다리며 가을을 탄다.

간판

삼월이, 이모네, 옹심이, 마을…. 이름도 예쁜 가게 이름이다. 골목에 들어선 분식집과 반찬 가게, 카페다. 지하철까지 몇 분여 걸리는 마을 골목에, 적당한 거리를 두고 예쁜 간판들을 내걸었다. 이들 공통점은 일반주택의 한 코너를 차지했다는 데 있다. 건물 모퉁이이거나 방 한 칸 노릇도 못하던 임시 건물 모난 자리다. 이들 가게에서 흘러나오는 따뜻한 불빛이 어둑한 골목에 온기를 피운다.

미용실과 정육점, 세탁소 같은 생활 필수 가게만 있던 조용한 골목이다. 상권이 조금씩 살아난 바탕에는 가정집을 개조한 카페 '마을'이 한몫했다. 그 집 앞 너저분하던 작은 공터에 벤치가 놓이고, 그 주택이 예쁜 카페로 변신했을 때 속으로 환호했다. 골목을 지날 때마다 카페 간판을 보며 푸근해지곤 한다. 이 카페를 아껴두고 아주 특별한 만남이 있을 때에만 이용하고 있다. 즐겨 찾는 곳은 아니어도 언제든 갈 수 있는 나만의 공간으로 아껴두는 것이다.

삼월이네는 그 후에 개업한, 늘 문이 닫혔던 빈 가게 자리다. 삼월이라는 수더분한 이름 덕분에 첫 만남부터 친근하게 다가왔다. 그 이름도 금방 기억에 저장되었다. 간판도 동그스름하니 삼월이 얼굴 같다. 가게가 문을 연 첫날 개업 손님으로 들어섰다. 김밥 마는 서툰 손을 흘깃대며 상 위에 놓인 개업 찰떡을 먹었다. 팥고물을 두텁게 입은 시루떡 한 접시를 주문한 김밥이 나오기도 전에 다 먹었다. 인심 좋은 주인이 떡 하나를 더 내왔다. 한 골목에 사는 주민으로서 분식집 개업을 주저리 주저리 찬양한 대가다. 피곤한 걸음으로 귀가할 때 가벼운 요기를 할 분식점이 있으면 좋겠다는 생각을 하던 차다.

가게 이름이나 간판의 글자꼴도 흥미를 끄는 한 요소로 작용한다. 한번 들어가 보고 싶게 하는 예쁜 간판이거나, 실내 분위기가 밝고 깔끔하면 반은 성공한 거다. 그곳에서 취급하는 내용은 접해봐야 알 일이긴 하다. 길을 지나다 세련되고 개성 있는 간판을 보면 오지랖 넓게 안을 기웃대곤 한다.

하물며 사람 간판인 얼굴이야 말할 것도 없다. 주인 표정에 따라 손님은 대접받는 기분이었다가 떫은 기분이 되기도 한다. 손님을 진심으로 반기는 환한 미소에다 파는 상품까지 만족스러우면 그 집은 단골이 될 확률이 높다.

주변에 떡집이 두 곳 있었다. 어찌 된 일인지 두 떡집은 한 골목에서 몇 집 건너로 자리했다. 어느 집이 먼저 열었을까. 나중 떡집이 한 골목에다 왜 똑같은 품목으로 문을 열었는지 모를 일이다. 하루는 주인 내외가 싹싹한 집이 아닌 다른 떡집에 가게 됐다. 불퉁한 주인에게 내 돈 내고 떡을 맡기면서도 기분이 떨떠름했다. 이대로라면 장차 장사에 지장이 있겠다는 생각이 불쑥 들었다. 사람들이 받는 느낌은 비슷한가 보았다. 얼마 후 골복을 지날 때 보니 그 떡집은 문이 굳게 잠겨 있었다. 다른 떡집은 지금까지도 성업 중이다. 그러면 그렇지 하고 썩 소 머금었다.

이처럼 사람 간판은 그의 인상으로 작용한다. 나는 요즘 이 특별한 간판을 복구 중에 있다. 얼굴에 구름처럼 낀 검은 착색 때문이다. 뭉근한 인내와 오가는 시간과 돈이 든다. 치료를 받은 지 두 해가 넘었다.

어느 초겨울쯤 얼굴이 가렵기 시작했다. 피부가 건조한 탓이려니 여겨 심각성을 인지하지 못했다. 보습한다며 마사지에 정성을 쏟았지만 할 때뿐이고, 곧 가려워졌다. 피부과 기구로 들여다보니 검은 색소가 개구리 알처럼 모공 주변에 널려 있었다. 그것들이 세를 키워 온 얼굴에 얼룩을 그려놓았다. 마치 솜이불에 아이가 그려놓은 오줌 얼룩처럼. 아는 이들이 내 얼굴을 보고는 뭔가 이상하다는 눈빛으로 또 보고 할 때마다 한숨만 쉬었다.

이런 끔찍한 결과를 가져올 줄 몰랐던 무지가 부른 참사였다. 그 대가를 혹독히 치르는 중이다. 어머니에게 물려받은 피부를 망가뜨리고 땅 치며 후회한다. 되돌릴 수 없는 사태다.

끝이 보이지 않는 치료를 하며 과유불급過猶不及을 넌다. 맑은 얼굴이 탱글탱글하기까지 하면 좋겠다는 욕심이 부른 화였다. 공짜로 피부과 티켓이 생겼다. 주름 펴진 환한 얼굴을 상상하며 쪼르르 달려갔다. 시술받고 두어 달이 지나자 피부 깊숙이에서 뭔가 움직이는 감이 왔다. 팽팽하게 당기는 감이 오더니 슬슬 가렵기 시작했다. 피부 밑층에 염증이 생긴 줄도 모르고 보습한다며 마사지를 받으러 다녔다. 상한 피부에 가한 폭행인지도 모르고.

맞은 듯 시퍼렇던 얼굴이 차츰 새까매졌다. 얼굴 가장자리로 집중한 색소는 화장 두 겹 세 겹 덧발라도 감추어지지 않았다. 마치 습자지에 배어 나오는 물기처럼 색소가 배어 나왔다. 피부과 전문의 말로는 상처의 흉이라고 한마디로 진단했다. 치료비로 공짜티켓 값의 몇 배는 더 들어갔다. 의사가 처음 진단한 30회 치료를 채우고도 만족스럽지가 않다. 원상태 회복은 요원하기만 하다. 식겁한 피부를 상전 모시듯 떠받들고 사는 요즘이다. 삼월이 분식집의 훤한 간판을 볼 때마다 상하기 전 내 얼굴을 떠올린다.

요즘 예쁜 간판 구경하는 재미가 쏠쏠하다. 간판뿐 아니라 손님이 있는지 없는지 가게 안 사정도 들여다본다. 이왕이면 장사가 잘 돼서 또 다른 간판으로 교체되는 일이 없었으면 하는 마음이다. 긴판 이미지 덕분에 골목은 한결 훈기가 돌고 밝아졌다. 이런 간판처럼 대인관계에서 일선 창구나 다름없는 얼굴을 상했으니 속상함이 이만저만한 게 아니다. 레이저에 식겁한 얼굴에 미안하다. 이제 물리적인 치료는 중단하고 피부 자체 회복을 기다리기로 했다. 상하기 전 얼굴로 시나브로 돌아와 준다면 그저 고맙겠다.

밑 화장만 하던 얼굴에 선크림, 비비크림, 스킨커버, 파우더를 두드려댄다. 대충 화장하고 다니던 때가 옛일처럼 생각난다. 그나마 요즘은 얼굴이 좀 탔다고 하는 정도이니 다행이지 뭔가. 병적으로 보이지는 않으니 말이다. 덜컥 저지르는 이눔의 성격도 그렇다. 한 번쯤 생각해보고 행했더라면 좋았을 것을. 일 벌어진 후에 후회해야 말짱 헛일이다.

늦은 귀갓길에 옹심이네에 들렀다. 또래의 주인 여자가 나를 보고 꽃처럼 웃는다. 표정이 옹심이 반죽처럼 차지다. 그의 간판이 환하다. 이마저 부럽다.

소양강 처녀

논배미 사이 신작로가 나기 전이다. 트랜지스터라디오에서는 날마다 〈소양강 처녀〉*가 흘러나왔다. 이 소양강 처녀를 소 먹이러 오갈 때 마르고 닳도록 불렀다. 쇠죽 끓일 땐 부지깽이로 솥전을 두드리며 박자 맞춰 불렀다. 소양강 처녀가 내 사춘기 결로 새겨질 만큼이다.

풀을 포식한 소를 몰고 해가 뉘엿뉘엿 지는 길을 돌아올 때, 배가 바닥까지 처진 소는 걸음이 뒤뚱뒤뚱 느려 터졌다. 그날도 소를 앞세우고 목청을 가다듬었다. 해 저~문 소~양 가앙에… 라고 노래 부르며 타박타박 한적한 들길을 걸어 집으로 향했다. 1, 2절을 부르고 잠깐 호흡을 가다듬는데 뒤에서 인기척이 났다. 돌아보니 꼴짐을 수북이 진 큰아버지였다. 내 노래가 끝날 때까지 줄곧 뒤따라온 거였다. 헛기침 한번 없이. 논

* 가수 김태희가 부른 가요

길은 폭이 좁았다. 부끄러워 얼른 묵례하고는 서둘러 논둑으로 올라 길을 비켰다.

어느 날도 소를 몰고 산에 올랐다. 소를 풀어놓기 바쁘게 노래 부를 무대부터 찾았다. 마침 봉긋하게 솟은 바위 하나가 보였다. 좋아라고 바위에 올라보니 마침 주변에 보이는 사람도 없다. 무대로 삼기에 적당했다. 산속에 사람이 있을 리 없었다. 말랑하고 푸릇한 솔 냄새 짙은 소나무 가지를 잡아당겨 마이크 삼았다. 보는 사람도 없겠다 싶어 큰소리로 노래를 부르기 시작했다. 죽으나 사나 〈소양강 처녀〉였다. 수줍고 청아한 노랫소리가 고요한 산자락으로 울려 퍼졌다. 한데 아뿔싸, 등잔 밑이 어둡다더니. 소나무가 에워싼 무대 아랫녘에 친구네 콩밭이 있을 줄이야. 친구 어머니가 콩밭을 매다 내 노래를 모조리 경청했더란다. 어느 날 친구네 집에 놀러 갔다가 그 말을 듣고는 창피해 집으로 도망쳐 왔다.

중학교에 가니 장래희망을 적으라고 했다. 망설임 없이 '가수'라고 적었다. 다 그랬겠지만, 장래희망 같은 건 딱히 없었다. 뭘 구체적으로 생각해본 적도 없고 그냥 공부만 하던 때다. 어쨌든 그 시기의 꿈은 가수가 되고 싶다는 거였다. 그런 꿈을 꾸게 된 시초가 바로 이 노래가 아니었나 싶다.

사춘기를 온통 물들인 이 〈소양강 처녀〉로 방송을 탔다. 집념이 이룬 결과였을까. 결혼하고 아이 둘 키우던 젊을 때다.

지방 한 라디오 방송국에 청취자 노래자랑이라는 프로그램이 생겼다. 모르면 용감하다는 말도 그때나 지금이나 통하는 말이 아닌가 한다. 실상을 모르기에 겁도 모른다는 말로 해석해도 될 것이다. 앞뒤 재지 않고 덜컥 예심에 참여했다. 예심을 통과하고, 본심은 스튜디오에서 생방송으로 진행했다. 이때도 〈소양강 처녀〉를 불렀다. 그때 입상은 하지 못했지만 골든 팝송 카세트테이프를 선물로 받았다. 아직 기념으로 간직하고 있다. 전파의 힘은 놀라웠다. 내 이름도 모르는 시가 쪽 누구로부터 누구네 며느리가 노래를 잘하더라는 소리가 들려왔다. 다시 하라면 부끄러워서 하지 못할 젊은 용기였다.

고향 마을 입구엔 수령이 수백 년인 느티나무가 있다. 가지를 바닥까지 치렁치렁 늘어뜨리고 터줏대감 풍채로 마을을 장승처럼 지킨다. 느티나무 드넓은 그늘은 마을 어른들이 갓 쓰고 땀 식히던 사랑방이었다. 이 나무 아래에 간이천막 무대를 설치하고 노래자랑대회를 열었다. 수상자에겐 알루미늄 대야며 주전자, 양동이, 플라스틱 바가지 등을 부상으로 주었다. 동네 처녀와 총각, 아저씨, 아주머니가 노래하는 걸 눈이 초롱초롱하게 구경했다. 어쩌면 맨 처음 가수가 되겠다는 꿈의 씨앗이 이때 파종되었을지도 모르겠다.

이런 막연한 꿈은 이제 노래자랑 무대로 향했다. KBS 전국노래자랑은 국민이 너나없이 서는 무대다. 단, 희망자가 워낙 많다 보니 예심을 통과해야 했다. 이 무대를 향한 욕구가 누에가 잠에 들 듯 고갤 치켜들었다. 더구나 내가 사는 지역에서 예심이 있다는 세 아닌가. 이런 기회를 놓칠 수 없었다. 마치 내가 기다려 온 절호의 기회인 듯 참여해야겠다는 의지가 솟구쳤다.

예심이 있다는 날, 여섯 살 난 아들 손을 잡고 방송국 홀을 찾아갔다. 방청석엔 예심을 보려고 부산시민이 다 나온 듯했다. 대기자가 워낙 많으니 50명씩 무대에 오르라고 했다. 그들 중 한 사람씩 앞으로 나와서 노래하는데, 두 마디 또는 네 마디쯤 부르면 심사석에서 '수고했습니다.'라며 노래를 끊었다. 잠시 지켜본 결론은, 특별난 재주를 내보이거나 노래를 월등히 잘 부르거나 둘 중 하나여야 한다는 거였다. 그 둘에 자신이 없던 나는 슬그머니 자리에서 일어섰다. 판단은 일찌감치 잘한 것 같다. 집을 나설 때의 야심은 사라지고, 첫 무대에 오른 쉰 명이 예심을 다 보기도 전에 나와버렸다. 많은 사람을 보자 쥐꼬리만 하던 자신감마저 쏙 기어든 때문이다.

가수의 꿈은 말 그대로 장래희망으로만 기록에 남았다. 소양강 노래 따라 내 사춘기도 돌아올 길 없이 흘러갔다. 요즘은 이 노래가 방송에서도 흘러나오지 않는다. 노래방에 가더라도 이 노래는 부르지 않는다. 그때 너무 많이 불러 질린 게 원인인지도 모르겠다. 노래의 실제 주인공이라는, 강원도 촌에서 올라와 가수를 꿈꾸었다는 소녀는 가수가 되었을까. 노래 속 처녀는 늘 처녀 그대로인데 부지깽이로 박자 맞추던 나만 변했다. 가수를 꿈꿀 게 아니라 노래 속으로 들어갔어야 했다.

족연族緣

올케를 몰라봤다. 대학병원 입원병동 병실을 찾아가던 길이었다. 링거를 주렁주렁 매달고 오빠와 걸어오는 이가 있었다. 오빠는 분명 내 오빠인데 환자복을 입은 사람은 낯이 설다. 당황해 빤히 들여다보니 머리를 빡빡 민 퉁퉁 부은 얼굴에서 올케 얼굴이 희미하게 살아났다.

내겐 친정 올케가 셋이다. 그 올케들은 어떤 인연이 닿아 우리 집과 이어졌을지. 우리 집으로 시집온 올케들에게 늘 고마운 마음을 갖고 있다. 형은 형 역할을 하고, 동생들은 형을 따른다. 집안일은 큰 올케를 주축으로 따르고 맞든다. 오빠가 시골집 가까이에 살고 있고, 서울 사는 남동생들도 먼 거리에도 고향을 자주 드나든다. 출가외인인 나는 손님이나 다름없다. 딸이라는 핑계로 집안 대소사에 관여하지 않으니 편하기는 하다. 오빠와 남동생들이 부모를 중심으로 든든하게 자리를 지킨 덕분이다. 내가 아홉 형제라는 대가족의 맏이를 만난 때문이기도 했다. 부모에게 걱정은 가장 많이 끼친 자식으로.

어머니는 이 딸의 안부가 궁금해 종종 전화하신다. 목소리가 평상시와 다르지 않으면 안부 전화려니 하고 받는다. 그러나 말씀을 주저하시거나 목소리에 기운이 없으면 가슴이 덜컹 내려앉는다. 늙어 기운이 쇠한 데다 혼자 계시니 무슨 일인가 하고 긴장부터 한다. 자식들 근황이 편치 않을 때는 그 목소리가 먼저 수심을 알린다. 얼마 전 쉰 중반에 노총각을 면한 아들 걱정이 깊을 때면 남동생 기분을 슬쩍 떠보라 하셨다. 막내 올케가 유방암 수술을 받았을 때도 "이 일을 우짤꼬" 하고 훌쩍이며 소식을 알리셨다. 착한 막내아들과 사는 막내며느리가 병을 얻었으니 당신이 낳은 자식처럼 속을 끓이셨다.

어느 날은 전화기에서 들려온 어머니 목소리가 분명 어떤 변고를 내비쳤다. 무슨 일이냐고 서둘러 묻자 맹맹한 소리로 큰 올케 수술 소식을 전하신다. 뇌출혈로 쓰러져 대학병원에서 수술하고 입원해 있다고. 목소리를 보아 우시다 전화한 게다. 만며느리로 집안일 도맡아 해온 올케였으니 놀라긴 나도 마찬가지다.

친정아버지가 자리보전하셨을 때 큰 올케는 읍내에서 이웃집 드나들듯 시골집을 드나들었다. 아버지는 쓰러진 그해를 넘기지 못할 것 같아 보였다. 올케의 지극정성 간호 덕분인지 병상에서 일어나 거동까지 하셨다. 그 아버지가 돌아가시고

고생한 올케언니도 여유를 좀 찾을까 싶었다. 한데 자신이 그만 쓰러졌다. 어머니를 떠받치던 기둥이 쓰러진 것처럼 앞이 감감해졌다. 두 올케의 연이은 시련이 인연이란 것을 되뇌어 보게 했다. 가족이 되기 전에는 마주친 적도 없는 남남이다가, 가족이라는 울타리 안으로 들어온 귀한 사람들이 아닌가.

올케 머리를 반으로 가로지른 수술 자국이 지네 두 마리가 붙어 있는 듯했다. 생명이 촌각에 달린 사람을 살린 상흔이었다. 그날 나는 생명이 경각에 달렸던 환자 앞에서 참으로 이기적인 생각을 했다. 아직 수술 부기도 안 빠진 올케를 보며 늙은 어머니는 어찌하나 하는 것이었다. 올케가 수술 회복이 되기를 바라기보다 어머니 걱정을 먼저 했으니 얌체가 따로 없었다. 이런 몰인정한 생각을 들킬까 봐 환자복 열린 단추를 슬며시 채워주었다.

가족이라는 연으로 맺어져 사십여 해를 함께해온 올케언니. 딸로서 늙은 어머니에게 마음이 기우는 건 인지상정일 거다. 그러나 가족을 이루어 함께 살아온 세월을 보면, 아픈 올케와 늙은 어머니 중 누구를 더 염려하고 덜 염려할 게 아니다. 핏줄이 이어졌든 아니든 가족으로 맺어진 사이 아닌가.

노모 따라 올케들 곱던 얼굴에도 추색이 짙어간다.

고해성사

주님, 오늘도 죄를 짓고 말았습니다. 영감님에게서 건네받은 편지를 부치지 않았거든요. 봉투에 붙인 우표도 얼른 떼어 야 합니다. 풀이 말라버리면 우표를 떼어낼 수 없어 우체국에 사러 가야 하니까요. 재사용한 우표를 영감님 책상에 도로 갖 다 놓아야 제 임무가 끝난답니다. 왜냐고요. 다음 날도 그다음 날도 봉투에 붙여야 하니까요.

'보고 싶은 신남아, 너는 왜 연락이 없느냐. 전화번호를 까 먹었느냐. 나는 날마다 네가 보고 싶은데 너는 내가 보고 싶지 않으냐. 우리 어서 만나서 예전처럼 연애도 하고 재미있게 지 내보자.'

주님, 구구절절한 영감님 연모의 정을 어찌해야 할까요. 영 감님은 내일도 신남 씨에게, 아니 제게 편지를 쓸 겁니다. 물 론 그 편지가 우체통에 들어갈 거라 철썩같이 믿겠지요. 주소 지에 그녀가 아직 살고 있는지, 아니면 이사를 갔는지도 모른

채 말이지요. 그런데 주님, 저는 그 편지를 우체통에 넣을 수가 없답니다. 영감의 무서운 아들에게 우격다짐을 받은 때문이지요. 그 아버지를 놀보고 월급을 받는 방문 요양보호사인 저는 고분고분한 입장이 될 수밖에 없는 을의 처지가 아니겠는지요. 먹고살자니 실세의 힘을 따를 수밖에요. 목구멍이 포도청인 제가 어른을 상대로 공갈쳤다고 벌이라도 내리실 건가요?

제 말 좀 들어보시지요. 저는 일상생활을 수행하기 어려운 노인들을 찾아가 신체와 가사지원 서비스를 제공하는 일을 합니다. 다양한 노년을 만나지요. 그렇게 만난 영감님과 일이 이렇게 엮일 줄을 어찌 알았겠습니까. 영감님이 젊었을 땐 한 자락 했을 풍채더군요. 기골을 보더라도 여자 꽤나 따랐을 법했지요. 그런데 구순의 문턱도 오래전에 넘긴 이 영감님이 목하 상사병을 앓는 중이랍니다. 지푸라기 잡을 힘만 있어도 이성이 그립다는데, 우리 영감님의 원초적 본능은 참으로 꿋꿋하네요.

신남 씨와 오래오래 관계를 유지하려면 들키지나 말던가요. 아, 글쎄 통장에서 수시로 기십만 원이 빠져나간 흔적이 또박또박 찍혀 있지 않았겠어요. 이를 안 아들이 노발대발 한바탕 난리가 났겠지요. 도대체 그 돈이 흘러들어 간 상대가 누군가하고요. 대찬 장남은 당장 신남 씨를 만났더랍니다. 만나보니 아버지와 서른 살 차이는 날 성싶은 여인이더랍니다. 누가 보더라도 영감을 진심으로 사랑하는 순수성에서는 멀어 보였겠지요. 그녀를 된통 다그쳤답니다. 한 번만 더 아버지를 만나면 가만있지 않겠다고요. 으름장을 놓았겠지요. 신남 씨도 그 아들의 말귀를 알아들은 모양입니다. 전후 사정을 알 리 없는 우리 영감님. 순정을 다해 그녀를 찾는 영감님을 지켜보자니 기가 찹니다. 그러고 보니 제 죄가 추가되겠군요. 아들에게 일러바친 잘못도 저질렀으니까요.

다행인지 불행인지 신남 씨는 영감님에게 전화하지 않았습니다. 영감님에게서 걸려오는 전화도 받지 않았겠지요. 그러자 어느 날 갑자기, 야들야들하던 신남 씨로부터 연락이 단절되자 금단증상이 생긴 건 영감님이었어요. 애간장이 탔지요. 제발 신남이를 찾아달라고 만단애걸하십니다. 사랑놀이도 하고 용돈도 줄 텐데, 그러지 못하니 병이 날 지경이지요. 세상 하직할 날은 뚜벅뚜벅 다가오고, 보고 싶은 신남 씨는 소식이 묘연하니 그럴 수밖에요. 그 일 후로 날이면 날마다 편지 몇 줄 써서는 봉투에 넣고 우표까지 붙여 저에게 당부하며 넘기는 겁니다. 꼭 우체통에 넣어달라고요. 주님, 이 편지를 정말 우체통에 넣으란 말인가요. 아니면 부치지도 않은 편지를 부쳤다고 언제까지 거짓말을 해야 할까요. 산타의 존재를 믿는 순수한 마음에다 산타의 부재를 알려 상처를 주란 말인가요.

주님이 절 좀 도와주세요.

그런데 주님, 영감님의 오매불망 사랑놀이가 들통나고 신남이와 연락이 끊긴 게 다가 아니었답니다. 홀로 기거하던 큰 집마저 팔고 전세로 나앉게 된 거지요. 가사도우미 아줌마까지 들여 꼬박꼬박 생활비 대던 장남 마음이 변한 거지요. 수년간 여자에게 나간 액수로 볼 때 눈감아주기란 물 건너간 일. 사업도 예전 같지 않은 데다 생활비가 뭉텅뭉텅 여자에게 건너간 사실에 화가 날 대로 났지요. 그렇게 영감님 인생 말년의 애정놀이는 그만 추태로 전락하고 만 겁니다.

요즘 'B.C'라는 말이 떠돈다 합니다. 캠퍼스 커플이 있듯 노인복지관에서 만난 커플을 일컫는 말이라고 합니다. 복지관 커플이라. 정년퇴직은 있어도 성에는 정년이 없다며 별 거리낌 없이 대시하고 어울리는 시대를 대변하는 용어로 보입니다. 관건은 경제적 독립에 있지 않나 싶습니다. 영감님이 아들 도움을 받지 않는 경제 독립체였다면 아들도 길길이 간섭할 이유가 없었을지 모릅니다. 요는 현실이 노년의 성을 무시하게 한 거겠지요. 밥이 사랑을 앞선다는 게 슬프기는 합니다. 그러나 인정해야 할 씁쓸한 세태인걸요.

어쨌든 찝찝한 출근입니다. 저는 일을 해야 하고, 분명한 건 영감님이 안됐다는 겁니다. 내막도 모르는 우리 영감님을 따습게 위로하는 말로 죗값을 치르면 안 될까요. 물론 신남 씨

향기를 백분의 일도 채우지 못하겠지만요.

나의 주님, 그래도 잘못했다고 보속하라 하실 건가요.

왕소금 아줌마

왕소금이 좍 깔렸다. 마주한 앞집 앞은 깨끗하다. 필시 누군가가 겨냥해서 뿌린 게다. 생각에 짚이는 데가 있다. 필시, 부라린 눈을 하고 다니는 위층 아줌마 소행일 것이다. 그 집 현관문에 혼백도 혼란스러울 부적을 덕지덕지 붙여놓은 걸 보더라도, 왕소금 뿌릴 사람은 그이밖에 없다. 뒤뚱뒤뚱 계단을 오르내리며 했을 소행머리에 부아가 치민다.

십여 해 전 공동주택으로 이사 왔다. 지하철도 가깝고 무엇보다 뒷산이 가까워 쾌재를 불렀다. 살아보니 생활소음도 별로 없다. 열어놓은 창으로 어쩌다 불경 소리도 들리는 것이, 주택가에 고즈넉한 절이라도 있나 보다 했다. 한데 가만 들어보니 불경이나 염불 소리가 아니다. 인근에 절도 없다. 열어놓은 창으로 들이치는 출처 모를 소리가 차츰 거슬리기 시작했다. 반복되는 요상한 문구에 신경이 쏠리니 억울하기까지 했다. 이런 환경에도 감내하고 사는 이웃들 아량이 지나친 것 같았다. 어느 날 이웃에게 슬쩍 물어보았다. 염불 비스름한 소리가 도대체 어디서 나는 소리냐고. 그제야 소리의 진원지를 알았다. 우리 집이 그 집 아래층이어서 유독 크게 들린다는 사실도.

여름 아침엔 창문부터 열어젖힌다. 기다렸다는 듯 소리는 여과 없이 거실과 안방으로 넘어왔다. 남의 집 울타리를 넘어선 소음에 내가 참고 살든가, 소리를 자제시키든가, 둘 중 한쪽을 택해야 했다. 고민하다 대자보를 떠올렸다. 상대방 신경을 건드리지 않으면서 나의 고충을 극대화했다. A4 종이에 요약문을 굵은 글씨로 써서 다세대주택 출입문에 붙였다. 그리고는 누가 볼세라 잘못이라도 저지른 양 숨차게 계단을 올라왔다.

하룻밤이 지나 살금살금 출입구로 내려가 보았다. 어라, 종이가 사라졌다. 민원이 접수되었다는 결과 아닌가. 소리를 줄였건, 소리를 일으키는 방을 바꾸었건 그날부터 요상한 소리는 들리지 않았다. 승자의 미소가 실실 새어 나왔다. 왕소금을 뿌린 건, 여태 소리에 대한 항의 하나 없던 공동주택에서 대자보를 붙인 데 대한 앙갚음이었을 것이다.

이웃 간 부딪침은 여기에서 끝나지 않았다. 어느 날은 위층에서 공사하는 소리가 천장을 흔들었다. 두통을 유발하는 그 소리는 맷돌을 돌리는 소리였다가, 맷돌을 밀고 다니는 소리였다가…. 묵직한 것이 드르륵대는 소리에 온 천장이 떨었다. 공사도 시간이 지나면 끝나려니 여겼다. 그러나 소리는 하마나 끝나기를 기다려도 무던히 지속했다. 일에 집중할 수 없었다. 목젖에서 넘어올락 말락 걸렸던 인내심이 무던히 참던 나를 벌떡 일으켜 세웠다. 당장 계단을 올라가 위층 현관 벨을 눌렀다. 내려와서 울리는 정도를 한번 들어보시라고. 퉁방울 눈을 한 여자가 따라 내려와 우리 집 거실에서 그 소리를 들었다. 책이 재인 책상을 봐서 그랬는지는 몰라도 뜻밖에 여자가 고분고분해졌다. 다음 날 옥상에는 전에 없던 러닝머신이 하나 놓여 있고, 우리 집 문 앞에는 왕소금이 잔뜩 깔려 있었다. 순간 나도 소금 한 바가지 들고 가서 딥다 뿌리고 싶은 충동으로 전율했다.

그 후 층간에는 얼마간 정적이 흘렀다. 이제 평화가 찾아오나 싶을 때 거실 천장에서 물방울이 똑 떨어졌다. 조명등이 달린 자리에서다. 똑똑 떨어지던 물방울이 어느 날은 쪼르륵 흘렀다. 이때만 해도 걸레로 닦을 정도였다. 며칠 새 사태는 커져서 조명테두리 쪽에서 물이 주르륵 흘렀다. 상황의 심각성에 위층 아줌마를 불러 상태를 확인시켰다. 뭐 켕기는 게 있는지 다음 날 와서는 이제 괜찮으냐고 묻는다. 무얼 개선했는지 한동안 걱정하지 않아도 되었다.

그러나 누수는 고친 게 아니라 잠시 멎었던 거였다. 다시 천장에 물길을 튼 물은 대야를 받쳐야 하는 지경이 되었다. 결국 우리 집 거실 천장을 뜯었다. 수리비는 그쪽에서 물었다지만 공사 후 거실 청소하랴, 젖은 천장 말리랴, 한동안 컴컴한 채 지내야 하는 불편까지 겪었다. 다행히 물길은 잡혔다.

그즈음에 위층 집 아들 혼사가 있었다. 다세대주택 반장은 왜 하필 이럴 때 청첩장을 집집마다 돌리는지. 뜬금없이 위층 청첩장을 받아든 심정이 모호했다. 그래도 좋은 일이라 좋은 마음으로 성의를 표했다. 며칠이 지나 위층에서 색깔도 고운 잔치 떡 한 접시를 들고 왔다. 얼마 뒤 치른 내 딸 혼사 때에는 그쪽에서 축의금을 들고 왔다.

서로 간 생각지 않던 축의금이 오간 후 불도그 인상의 위층 여자도 오만상을 그리며 웃음기를 머금는다. 가끔, 잘못 보낸 걸까 싶은 카카오톡도 보내온다. 성의를 봐서 간단 답장을 한다. 그렇다고 대화가 이어진 적은 없다. 후로 우리는 썩 반가운 척 인사를 주고받는 사이가 되었다. 왕소금 사건을 생각하면 꽤씸한 마음이 없지 않다. 하나, 아까운 소금만 버렸겠지 하고 눈 내리까니 속 편하다.

요즘 위층에서 아이 내달리는 소리가 천장 동서를 가로지른다. 그때 혼인한 자녀 가정에 아이가 생겼나 보았다. 어쩌랴. 나도 할미임에야. 사는 아파트 아래층에 수시로 과일을 사다 나르는 딸아이를 보더라도 이 정도는 눈감아야지 않겠는지.

그러고 보니 왕소금 아줌마를 못 본 지 꽤 되었다. 비록 낯 붉히며 소통했지만 층간 이웃으로 화해힌 사이 아닌가. 무슨 일이라도 있는 걸까. 설핏 궁금해진다.

유라시아를 꿈꾸며

남북의 정상이 판문점에서 만났다. 2018년 4월 27일 회담 분위기로 보면 한반도 철책선도 머잖아 풀릴 분위기였다. 판문점 선언에는 65년 만의 종전 선언과 동해선 철도 연결이 포함됐다.

동해선이라면 부산 부전역에서 출발하는 기차가 아닌가. 종종 탔던 노선이다. 원산, 함흥, 청진, 나진, 두만강 역을 지나 러시아 하산역으로 연결되고, 시베리아 횡단 열차노선으로 이어지면 유럽까지 가는 교통망이 구축된다는 말이 아니겠는지. 심쿵한 소식이 아닐 수 없다. 그 시작 지점인 부산에 살며 동해선이 북으로 개통할 날을 고대한다.

한반도 분단이 사라지면 새 밀레니엄 못지않게 세계가 환호할 것 같다. 동족 간 혈행마저 막았던 장벽의 해체는 천둥 치는 충격과 감격이 뒤섞여 올 게 분명하다. 북으로 가는 길이 마침내 열리면 나는 먼저 월정리 역으로 달려갈 생각이다. '철마는 달리고 싶다'는 그곳에서 북으로 향하는 철마를 목격하고 싶다.

철원으로. 안보관광을 갔을 때다. 안보관광이라 이름 붙인 자체가 일반관광과는 사뭇 다른 긴장감을 안겼다. 그때 '철마는 달리고 싶다'라는 글자보다는, 녹슬고 칠이 다 벗겨진 역명철 간판 앞에서 마음이 심산했다. 현지 지명을 알리는 월정리란 글자 아래로 왼쪽 화살표는 철원을, 오른쪽 화살표는 가곡을 가리켰다. 그 앞에서 더 북향하지 못하고 발길 돌릴 때 분단국 현실을 사무치게 실감했다. 철마가 달리고 싶다는 그곳에서 원산 가는 기차를 타고 북녘땅으로 들어서고 싶다. 녹슨철로 탓에 시간이 좀 걸린들 어떤가. 달리고 싶다던 철마가 달릴 수 있게 되었으니. 비둘기호만큼 느려도 상관없다.

월정리역은 서울에서 원산으로 가던 경원선 기차가 잠시 쉬어가던 역이다. 지금은 비무장지대 남방한계선 철책에 근접한 최북단 종착 지점이다. 정적이 흐르는 폐역은 썰렁하고 정적이 흘렀다. 역 안내판에 적힌 평강, 원산, 함흥, 나진 같은 북한 지명이 영원히 가지 못할 땅처럼 멀게 느껴졌다. 요즘 교통으로 하루 시간이면 왕복도 가능할 거리이다. 눈앞에 보이는 땅이 외국보다 먼 거리로 다가오는 현실이 슬펐다.

광복 70주년 때다. 남북 공동행사로 서울에서 신의주를 지나 나진으로 가는 남북 종단열차 시범운행을 추진한다는 기사를 접했다. 이런 시초 작업이 부산발 유럽행 대륙 횡단열차의 시발점이 될 수도 있을 거라 희망을 품었다. 통일을 물밑으로 대비하는 작업이 꿈틀대고 있다는 느낌을 받았다. 통일이란 요원하여 이 시대에 이루어질 거란 생각을 해본 적 없을 때 접한 빅뉴스였다. 한데, 남북의 정상이 손을 잡고 군사분계선을 넘어가고 넘어왔다. 가슴 벌떡대며 이를 지켜봤다.

남북 간 철로가 열리면 미적댈 이유가 없다. 우선 한 사나흘 말미를 낼 것이다. 김밥이며 삶은 달걀, 구운 오징어와 따끈한 커피, 비스킷, 초콜릿 등, 간식거리를 든든히 챙겨 여행길에 오르는 거다. 아마 남한 사람들 삶의 목표가 대거 수정될지도 모른다. 가보지 못한 북한 땅을 유람하는 목표가 추가될 것이기 때문이다.

원래는 부전역에서 동해남부선, 영동선을 거쳐 강릉까지 간 다음 철원에 도착, 동해중부선으로 갈아타고 원산으로 갈 여정이었다. 북한의 평라선을 타는 이 복잡한 환승노선은 남북 정상 회담 이후 가뿐하게 수정됐다. 동해선 철도가 북으로 연결되면 단 한 번 승차로 북한 땅을 지나 러시아까지 갈 수 있게 될 것이다. 철마가 발 묶였던 월정리에서 신고하듯 기적소리 울리며 북녘땅에 들어설 때 감격으로 떨리겠지. 아직은 상상되지 않는 미래다.

그곳은 본디 한 덩어리였던 땅. 하나로 합쳐질 거란 생각조차 하지 않았던 우리나라의 반쪽. 그토록 가난하다고 들어온 동포의 땅을 밟는 소회가 어떠할까. 나날이 파헤치고 콘크리트 건물이 생겨나는 한국 산천에 비하면 북쪽은 자연이 보존되었을 것이란 기대가 크다. 우리나라에 부는 걷기 열풍이 그쪽으로 번져 탐방로며 산책로가 속속 닦일지도 모른다. 남쪽 사람들에게는 외국보다 더 가고 싶은 지역으로 이름 올릴 것이다. 눈망울이 순한 아이들이 손 흔들어 반겨줄까. 아니면 경계할까.

평라선은 북한에서 가장 긴 철도로 알려졌다. 평양과 함경북도 나진시를 잇는 노선이다. 지도에 보면 낭림산맥을 동서로 횡단하며 동해안을 따라 북쪽으로 연결된다. 기차는 해안 도시 원산, 함흥, 단천을 지나 드디어 청진에 당도한다. 남북 종단열차 시범운행구간에도 나진이 종착역으로 되어 있었다. 동해선이 활짝 열리면 이 평라선 노선이 이에 포함되지 않을까. 예상 동해선 노선을 보니 그렇다.

동해선 열차가 북쪽 끝 지점을 향해 먼 여로에 들 때, 함흥에서는 필히 내릴 생각이다. 하루나 이틀쯤 묵은 후 다시 기차에 오르는 거다. 국물 없이 맵게 비벼 먹는 함흥냉면 본 맛을 봐야 하지 않겠는지. 익히 들어온 함흥차사가 탄생한 이 지역에서는 혹여 함흥차사 신세가 되지는 않을까 하는 심려가 일지도 모르겠다. 그래도 그곳 냉면을 하루 세 끼 정도는 내리 먹어야 성에 찰 듯싶다. 냉면의 본고장에서 냉면을 먹으며 통일된 현실을 실감할 것 같다. 경상도 억양으로 '억수로 맛있네예'라고 말하면 '맛있게 먹었슴둥?' 하고 텔레비전에서나 듣던 본토 사투리로 먼 데서 온 동포를 반겨줄지.

이제 기차는 나진으로 향할 것이다. 가는 길에 대하소설 『토지』속 용정과 회령의 복지 곡물상이라든가, 공포의 감옥이며 최악의 정치범 감옥이 있다는 청진은 왠지 그냥 지나치고 싶다. 어쩌면 나진까지 가기도 전, 남쪽에서 너무 멀리 왔다는 생각에 머릿속이 하얘지며 돌아오고 싶어질지도 모르겠다. 이넘을 달리한 분단의 세월이 너무 길었던 탓일 거다.

한국이 비회원이던 국제철도협력기구에 정회원이 됐다. 한반도와 유라시아대륙 철도가 연결되고, 유라시아 특급열차가 한반도를 통과하는 날을 꿈꾼다. 시발역인 부전역으로 배낭 메고 달려갈 그날을.

쌀의 힘

쪼그만 물체가 오글거린다. 뽀얀 쌀알 사이로 희끄무레한 것이 꿈틀거린다. 이게 어떤 쌀인데. 사 온 쌀에 이 정도 벌레가 슬면 속은 쓰리겠지만, 어머니 얼굴까지는 떠오르지 않았을 터다. 쌀벌레를 잡아내는 일도 애당초 맘조차 먹지 않았을 것이며 쌀을 수십 번 씻어 벌레를 걸러내고 다 바스러진 쌀을 냉동실에 보관할 생각도 안 했다. 농촌 태생인 나는 쌀을 버리는 행위가 죄악으로 여겨진다. 그런데도 사 온 쌀이었다면 쌀벌레 득실대는 쌀은 음식물 쓰레기통으로 들어갔을 것이다.

여름이 길어지는 기후 탓에 쌀도 냉장고에 보관해야 안심이 된다. 그동안 인식 속 냉장고는 쉴 우려가 있는 식품 종류만 넣는 용도였다. 더운 정도가 갈수록 기세를 더해가니 믿을 건 냉장고다.

친정에서 보내온 쌀 포대를 풀어 딸네 집에 반을 주었다. 한여름 푹푹 찌는 실온에 둔 갓 빻은 쌀은, 벌레가 서식할 최적의 환경이 되었던 게다. 딸네 집 쌀 포대 겉면에 성충이 된 쌀벌레가 벼 껍질처럼 붙어 있다. 쌀자루를 열어보지 않아도 그 안 사태가 짐작되었다. 탈출한 놈들은 벼 껍질처럼 벽에 납작 붙어 있다가 불시에 날아오른다. 이에 딸이 기겁한 모양이다. 급기야 쌀을 도로 가져가라고 그런다. 찰진 밥 해 먹으라고 기껏 챙겨 줬더니 벌레만 슬게 해서는 가져가라고. 속상해 쌀 포대를 당장 집으로 들고 왔다.

시중 쌀은 건조가 잘 되어 나온다. 반면에 유통기간이 있어 막 빻은 쌀로 지은 밥맛과 차이 날 수 있다. 요즘 고향에서는 쌀이 필요할 때마다 집에서 정미기로 도정작업을 한다. 쌀의 신선도가 유지되고 밥맛도 햅쌀과 크게 다르지 않다. 마을에 큰 정미소가 있을 만큼 쌀 수확이 많았던 마을에도 가구가 줄고 사람도 줄었다. 사는 환경도 바뀌고 살아가는 방식도 바뀌었다. 지금은 안전하게 벼 상태로 보관한다. 벼를 미리 찧어 쌀로 보관하지 않는다는 뜻이다. 뒤주에 쌀이 바닥나거나 자식들에게 보낼 때나 벼를 찧는다. 해서 추수시기를 지난 쌀도 햅쌀보다는 덜하지만, 찰기를 머금고 있다. 고향에서 보내온 쌀로 지은 밥은 참기름을 두른 듯 윤이 나고 맛도 찰지다. 나는 이런 쌀을 지금껏 받아먹고 산다.

도로 들고 온 쌀 포대를 풀 엄두가 나지 않는다. 그러나 시간을 줄수록 벌레의 세만 늘일 뿐이다. 살아가는 일에도 이렇듯 선뜻 나서지 못할 때가 있다. 갈수록 자신감이 줄고 소심해지는 경향이 있다. 미뤄봐야 득 될 건 없다. 비석대지 않고 사태에 직면하는 편이 마음고생을 덜 한다는 것도 안다. 이 별일 아닌 일이 은근히 심리를 압박하지 뭔가. 조금만 신경 써서 보관했더라면 애초에 벌레가 슬지 않았을 일이다. 쌀을 보내주신 어머니께 죄송해서 더 물러설 수가 없다.

당장 수습에 나섰다. 큰 대야에 물을 반쯤 채우고, 그 안에다 작은 대야를 동동 띄웠다. 속 대야에 쌀을 부었다. 쌀을 쏟아붓자마자 뽀얀 쌀 위로 꼬물거리는 물체가 산꼭대기에 오르듯 기어오른다. 광명을 찾아 탈출하는 무지한 모양새라니. 미물인 벌레를 두고 만물의 영장이라는 내가 대치한다. 상대가 되지 않는 싸움이다. 벌레보다 더 작은 쌀벌레를 잡는다고 이 난리라니. 놈들은 무슨 광명인가 하고 그릇 둘레로 기어오른다. 기어올라 봐야 뛰어들 곳은 물밖에 없다. 곧, 잔잔한 호수에 물잠자리가 앉듯 사뿐히 다이빙하기 시작한다. 워낙 가벼워 물 표면에 파동조차 일지 않는다. 인간의 두뇌로 가뿐히 일차 작업을 끝낸다. 쌀 속에 숨은 엄청난 벌레는 하나하나 손으로 잡아낼 대작전을 펼 요량이다.

이 쌀벌레라는 게 밤벌레처럼 기하급수로 는다. 하룻밤 사이 몇 마리만 불어나는 게 아니다. 그 세력 넓힘이란 게 마치 사금융 대출이자와 맞먹을 정도다. 생각만 해도 끔찍하다.

예전에도 이와 비슷한 일을 겪었다. 쌀을 볕에다 널면 좁쌀처럼 바스러진다. 생각 끝에 쌀을 큰 대야에 붓고 헹구고 헹구어서 벌레를 걸러냈다. 한데 그 많은 양의 씻은 쌀로 밥을 해먹는 데도 한계가 있었다. 하는 수 없이 가루로 빻아 냉동실에 넣었다. 쌀 상태로 보관했더라면 가래떡이라도 뽑아 먹었을 것이다. 쌀가루로는 가래떡을 만들 수 없다는 게 아닌가. 쌀가루는 몇 해에 걸쳐 쑥버무리에, 국물김치 풀물 용도로 써먹었다. 이런 경험으로 볼 때 벌레가 슨 쌀은 한시 급히 처리해야 한다.

벌레를 잡기 위해 제대로 정좌했다. 돋보기안경이며 핀셋, 탁상용 스탠드, 물 담은 양푼까지 준비하고 한여름 밤 쌀벌레 잡기를 시작한다.

돋보기 너머로 쌀과 잘 구별되지 않던 쌀벌레 움직임이 선명하게 보인다. 넓은 쟁반에 쌀을 붓고 한 톨 한 톨 굴려가며 벌레를 잡아낸다. 고 연약한 살결은 엄지와 검지로 조금만 힘주어 잡아도 짓이겨진다. 손가락 힘 조절이 쉽지 않다. 돋보기를 썼지만 밤눈이 어른어른하다. 쌀도 한두 알씩 벌레에 묻어온다. 고향 쌀이 아니었으면 정녕코 하지 않았을 일이다. 쌀은 허기를 채우는 곡식이기도 하지만 있으면 든든한 정신의 양식이기도 하기에.

쌀벌레 잡는 한여름 밤이 고요하다. 텔레비전도 꺼두었다.

글 속 티를 골라내듯 손길에 정성을 쏟는다. 글밭을 갈아엎어 글의 씨를 뿌리고, 튼실하게 자라도록 날 싹을 간추리고, 잡초를 걷어내고, 거름 주어 키운 글밭을 좀먹는 깜부기를 골라내듯. 이젠 완성됐다 하고 덮을 수 없는 그 일을 연상케 한다.

글에서는 글을 쓴 이의 사람됨이 읽힌다. 서로 다른 성격만큼 문장이 풍기는 향도 따로따로이다. 그런 개성을 존중하면서도 문장만큼은 발라야 한다는 지론을 갖고 있다. 글이 그 사람의 정신이라면 문장은 외모에 해당할까. 이 둘이 완벽하게 조화롭기가 쉽지 않다. 초입부터 뉘나 깜부기가 띄기 시작하면 읽고 싶은 마음이 아침 햇살에 안개 걷히듯 사라진다. 거기에 그치지 않고 글 쓴 사람을 재정립하는 계기가 된다. 무척 신중하게 글을 써야 하는 이유가 거기에 있지 않겠나 싶다. 작가의 입장에서는 그처럼 억울한 일도 없을 것이다.

한 인격체처럼 글에도 됨됨이가 있다는 결론에 이른다. 벌레 잡는 진득한 시간이 준 깨침이다. 물 위로 바람 빠진 풍선처럼 쪼글쪼글한 벌레가 동동 뜬다. 이 물을 몇 번 갈았다. 반 포대 분량의 쌀을 낱낱이 헤쳤다. 좀도둑으로부터 쌀을 지켰다는 안도감 끝에 허리께의 뻐근한 통증이 따른다. 새벽 두 시, 쌀의 힘이다.

그리운 화포花浦

순천시 별량면 학산리 화포花浦. 이 꽃 피는 작은 포구에 조수처럼 내 마음도 무시로 드나든다. 그곳에 살던 친구는 멀리 이민 갔지만, 마음속 화포에는 여전히 친구가 살고 있다. 화포와 섬진강을 가슴에 품고 떠난 친구는 그곳에서도 바다를 끼고 산다고 했다. 순천 가는 길엔 배꽃과 벚꽃이 흐드러지거나, 그 단풍이 천연 풍경화를 펼쳐놓았다. 섬진강 하면 하동보다 먼저 떠올리게 되는 순천이다.

펄배가 쉬는 아득한 개펄이 떠오르면 마음이 그곳으로 내달린다. 겨울과 봄에 다녀온 이곳을 여름에 다시 찾았다. 그날 여름비가 추적추적 내렸다. 찌푸린 하늘을 보며 해맞이하겠다던 꿈은 일찌감치 접었다. 일몰의 하늘과 노을 잠긴 개펄을 봐야겠다던 기대도 스러졌다. 그러나 어디 꼭 해가 있어야만 풍경이랴. 비가 내리면 빗방울 송송 구멍 패는 잿빛 개펄운치가 그만인 것을.

지난겨울, 어둑한 새벽 속에서 여명을 기다릴 때 바다엔 정적만 고였다. 새파랗게 세상 윤곽이 드러날 때쯤에야, 가마득히 펼쳐진 미끌미끌한 회색 들판을 보았다. 바다에 바다가 없었다. 그날, 개펄을 물들인 불덩이를 가슴에 담았다. 머릿속에 떠오르는 사람 모두를 떠올려 화살기도를 하게 하는 간절함으로 해돋이를 지켰다. 초겨울 냉기도 아침 햇살에 스르르 풀리고, 개흙이 말라붙은 널도 바다 어귀에서 깨어났다. 바닷물이 괸 작은 웅덩이엔 빨갛게 해가 고여 눈을 찔렀다. 동백꽃보다 붉은 해를 평생 보고 살았을 화포 사람들 가슴엔 불순물이 들어앉을 새가 없을 것 같았다. 햇살 세례를 받아 벌겋게 물감이 번져가는 개펄 앞에서, 막막하다가 먹먹해지는 감정전이를 경험했다. 이곳에선 누구나 비슷한 감상에 젖게 될 것 같다.

"순천만의 노을이 하늘만 다 채운다고 생각하면 그 또한 단견이다. 노을은 땅 위에도 진다. 땅, 정확히 표현하자면 개펄이다. 개펄 위에 노을이 살아 뜨는 것이다."라는 곽재구의 『포구기행』 속 구절을 떠올리게 한다.

해안에 몸을 뉘고 일 나가기를 기다리는 널과 펄배가 여름비에 후줄근히 젖고 있다. 바다로 길게 놓인 화포선창에서 통발을 손보던 화포마을 한 부부를 만났다. 부부는 일심동체 아닐까 봐 말없이 일하는 중에도 맞춘 듯 손발이 짝짝 들어맞는다. 완벽한 분업이다. 작업 광경을 한참 구경하다 말문을 튼다. 주고받는 얘기가 길어진다. 작업을 방해할까 신경이 쓰이는데 관광객인 줄 알고 친절히 맞받아준다. 순천에서 살다 장모를 모시려고 화포로 들어왔다는 남편의 말이다. 남자의 깊은 마음씨처럼 바다 볕에 그은 모습이 선해 보인다. 칠게, 맛, 꼬막이 수입원이란다. 보너스처럼 통발 속에 눈먼 낙지며 주꾸미, 짱뚱어도 들어온다고. 월수입이 평균 잡아 200만 원 선이라니 도시생활이 부럽지 않겠다. 이들에게 바다는 퇴직 없는 평생직장일 것이다. 평생 일해도 쫓겨날 일 없는 든든한 직장….

선창 아래 바다에서 파닥거리는 생명체로 눈길이 이동한다. 그 남편이 주저 없이 배로 내려서더니 그물도 아닌 갈고리로 아가미를 낚아채 올린다. 팔뚝만 한 숭어다. 날쌘 몸짓에 탄성을 내는데 숭어를 가져가라고 건넨다. 어떻게 들고 갈지 고민할 새도 없이 좋아라고 덜렁 받아 들었다. 공짜 생선을 받아들고 다음에 또 오마고 기약 없는 인사를 건네며 발길을 돌린다.

화포만 썰물 때엔 몇 킬로 밖까지 바다가 밀려난다. 바다가 황금 들녘이 아닌 회색 들녘으로 변하는 때다. 이때 바닷물이 너무 말라도 널이 밀리지 않는다고. 개펄이 어느 정도 물기를 머금어야 널이 미끄럽게 밀리고 채취 작업이 수월하다는 말이다. 마을에서 한 노인을 만났다. 평생 캔 꼬막이 못 되어도 웬만한 창고 하나는 채울 거라고, 조개 캐서 자식 공부시키고 시집 장가 보냈다고 남의 얘기처럼 덤덤하게 말한다. 바다가 내준 밭을 터전 삼아 살아온 세월이 그 말 속에 녹아 있다.

노인은 멀리 밀려난 바다를 바라본다. 마치 조상 전답 바라보듯 회상에 잠긴 표정이다. 바닷바람에 그을고 굵은 주름이 골골이 진 그 얼굴이 꼭 개펄 같다. 논밭 일궈 살아가는 내륙의 내 고향 농사일과 어금버금해 보인다. 이곳대로 애환과 고충이 따르는 바다농사였다. 농사만 뼈 빠지게 일하는 줄 알았더니 바다의 삶도 결코 녹록하지 않겠다.

학산리 해안은 한적하다. 해안 길을 따라 발밤발밤 걷다 보면 그 한적함과 느긋함에 속속들이 편안해지는 곳이다. 물 빠진 광활한 해안 언저리에 서서, 바다 건너 와온마을 어디쯤을 바라보아도 좋다. 겁 없는 칠게가 신작로를 가로지르는 해안 길이 끝나는 데까지 걷고 싶다.

하루가 저물면 바닷물 잠긴 고랑도 붉게 스며드는 화포花浦. 그 이름도 붉다. 바닷물 빠진 잿빛 바다 앞에 서서 오래전 남긴 발자국을 더듬는다. 갈매기만 먼 데 소식을 전하는 건지 머리 위를 난다. 태평양 연안 어디쯤에서도 화포를 바라보는 한 사람 서 있을까. 화포에 서니 사람도 그립다.

3부

일상의 아름다움

문턱

숫자 문턱에 걸려 넘을 문턱을 낮춘 적 있다. 그렇다고 낮춘 문턱이 밀려난 그쪽보다 수준이 낮다거나 한 건 아니다. 다만, 미래를 설계하며 잠시나마 꿈꾼 바를 실행으로 옮길 수 없었다는 게 서러울 뿐. 격려하고 용기를 줘야 할 곳에서 외려 좌절을 안긴 점에 마음 상했다. 나는 도움을 받는 입장이고, 상대는 확실한 목푯값을 염두에 두고 상담해주는 입장이니 고분고분 수긍할 수밖에. 사회에서 약자로 분류된 그 일 이후 한동안 씁쓸함이 가시지 않았다.

지하철에 빈 좌석이 없을 때 노약자석을 흘깃댄다. 좌석 뒤쪽에 붙은 글자가 선뜻 앉는 걸 저지한다. "장애인, 노약자, 임산부 좌석입니다." 나는 과연 저 세 낱말에 해당하는가. 장애인은 아니고, 임산부는 분명 아니다. 그러면 노약자인가? 이 부분에서 아리송해진다. 노약자는 늙거나 약한 사람이라는 뜻일 터. 늙었는가, 약한가로 또 고심한다. 좌중을 둘러보며 나를 적도 삼아 북위와 남위로 분류해본다. 이때 북위 쪽 비율이 높아 보이면 아직 희망이 있다며 위안 삼는다. 그러나 서 있는 지구력으로 볼 땐 약자라며 주저주저 눈치 보다 슬그머니 엉덩이를 들이민다. 이런 행동마저 서글픈 시절이다.

늙거나 젊은 사람에게나, 무료든 유료든 평생학습의 천국이다. 자기계발이나 자질향상을 목적으로 하는 강의나 단기강좌, 취미프로그램 등 공부할 거리가 쌔고 쌨다. 이런 공부란 대개 해본 사람이 하게 되는 것 같다. 자격증도 하나를 따고 나면 연결된 다른 자격증이 보이고 다시 도전하게 된다. 널린 배울 거리를 두고 하지 못하면 손해 보는 기분이 든다. 글 쓴다며 얕은 지식의 우물을 퍼낸 머릿속이 차츰 말라가는 지각도 따른다.

다니던 직장을 3년 전에 그만두었다. 손자 육아 때문이다. 한 번 봐주기 시작하면 기본 십 년이라고 주변에서 말리더라니. 그 말이 하나 틀리지 않았다. 딱 한 해만이라고 못 박은 말은 하나 마나 한 말이 되었다. 문제는 체력은 점차 떨어지고 머릿속은 비어가는 황폐한 증상이 따른다는 거다. 육아라는 고삐에 딱 묶여 모임과 활동에 제약이 생기고 하루가 헐레벌떡 흘러가 버린다는 거다.

뭔가 통풍구가 필요했다. 일과 중 짬을 내어 한 기관의 직업교육 훈련프로그램을 신청했다. 수강기관과 연계한 프로그램에는 수강할 과목 폭이 썩 넓지 않았다. 관심 밖인 산업 쪽을 제외하면 대부분 컴퓨터, 조리와 커피, 미·용 계열이었다. 상담을 받기에 앞서 어떤 교육을 받을 건지 나름대로 고심하고 갔다. 첫 번째 종목은 네일아트다. 배워서 주변 사람에게 알음알음으로 시술도 하고 부업으로 하다 보면, 골목에 작은 가게를 열어도 되겠다는 그림도 그렸다. 담당자는 네일아트 비용으로 볼 때 요즘 어떤 젊은 여성이 나이 든 사람에게 손톱을 맡기겠냐고 한다. 두 번째 종목을 제시했다. 바리스타다. 요즘 커피집에선 삼십 대 중반만 되어도 채용하지 않는다고 싹을 자른다.

누가 나이를 먹고 싶어 먹었겠는가. 순진한 머리를 망치로 두 번 맞은 기분이었다. 머릿속에 그렸던 모자이크 희망 그림이 산산이 조각나고 있었다. 어깨가 꺾였다. 그러면 처음 생각했던 컴퓨터 교육을 듣겠노라고, 더 물러서지 않겠다는 의지를 밝혔다. 몇 가지 따끔한 질문이 따랐지만 우여곡절 끝에 컴퓨터 교육을 듣게 되었다.

과정은 어찌 되었건 두 종목 시험을 쳤고, 두 개의 자격증을 땄다. 그중 한 과목은 무려 만점으로 합격해 홈페이지에서 팡파르도 띄워주었다. 사무 행정 능력과 활용능력이 교육 이전보다 향상되었으니 스스로 만족스럽다. 자격증 따서 뭐할 거냐고 혹자는 묻는다. 자격증을 딴 사람과 그렇지 않은 사람의 차이는, 글쎄 능력보유나 앞을 준비하는 자세에 있지 않을까.

저지당한 문턱 앞에서 자존감이 상처받았다. 하지만 자격증은 현실을 직시하게 해준 덕분에 안은 대가다. 아쉬운 감도 없지는 않다. 나이가 문제가 아니라 얼마든지 개척자가 될 수도 있을 텐데 말이다.

올 한 해도 나이 문턱, 학벌 문턱, 능력 문턱, 건강 문턱, 돈문턱에서 한계에 부딪힐 생들을 응원하고 싶다. 뜻이 간절하면 시나브로 목표지점에 가까워질 거라는 말도 덧붙여서.

미운 새끼 경사났네

꿈같은 일이다. 쉰을 훌쩍 넘긴 남동생이 드디어 장가갔다. 하객들도 만면에 웃음 머금고 이런 일도 있다는 듯 신통하다는 표정이다. 만혼인 신랑과 신부가 손잡고 입장하자 결혼이 실감 난다.

혼례식이 끝나고 전세 버스는 귀성길에 올랐다. 산촌 작은 마을에서 하객을 싣고 서울 갔던 버스다. 노총각 결혼식을 치르고 금의환향하는 길이다. 칠순 넘은 마을 이장, 팔순을 훌쩍 넘긴 노인회 회장, 평생 앞뒷집으로 살아온 이웃과 사촌, 사돈…, 이런저런 관계로 맺어진 사람들 각각이 정답다.

상경하는 길부터 얼근히 달아오른 어른들이 내려가는 길에는 일찌감치 술을 푼다. 혼주 가족인 나는 수육이며 먹을거리를 담아내랴 손이 바쁘다. 아들 장가보낸 어머니가 풀 흥을 하객이 푼다. 멀쩡한 마을 총각이 하릴없이 늙어가니 동네 사람이 다 걱정했다며 자기네 일처럼 흥이 났다. 마을 이장은 전날 노총각 결혼을 마을방송으로 알렸다. 새벽부터 천릿길 따라나선 성의가 여간 고맙지 않다.

허우대 멀쩡한 남동생이 미혼인 채로 그러구러 쉰을 넘어섰다. 짝도 없이 꺼칠하게 늙어가니 바라보는 가족이 애가 탔다. 달이 만월로 채워지지 않고 이지러지듯 집안이 어딘가 미진했다. 쉰 중반에야 참한 아가씨를 만나 직장이 있는 서울에서 혼인예식을 올렸다. 일생을 한 골짝에서 살아온 이웃집 노총각이 결혼했으니 마을의 경사이기도 했다.

요즘 티브이 프로 〈미운 우리 새끼〉가 인기다. 마흔 넘긴 미혼이 흔한 세태라 이런 프로그램도 생기는 모양이다. 이들이 노총각임을 실감케 하는 건 개월 수로 나타내는 이들의 나이이다. 쉰 살을 향해 앞서거니 뒤서거니 달려가는 총각들이 살아가는 방식이 흥미롭다. 나이든 미혼들이 그 방송을 보며 자신 삶을 돌아보고, 배우며 반성하며 공감대를 나눌 것 같다. 그 어머니들의 자식 걱정도 자식이 연예인이건 일반인이건 다르지 않아 친숙하다.

어머니 아킬레스건이었던 남동생은 어머니 생전 최대 수심거리였다. 그 프로에서처럼 말하면 생후 650개월이 되도록 혼자 살고 있었으니 그렇다. 어느 날, 어머니와 〈미운 우리 새끼〉를 시청했다. 저런 사람은 왜 결혼도 안 하고 저러고 있냐고 하신다. 어쩌다 어영부영 마흔 고개를 넘고, 어른이면서 어른이 아닌 상태로 꾸역꾸역 쉰 살을 먹고, 예순 고개로 꺾이는 고개에서 장가간 이들은 생각시 않은 모양으로.

일명 '미우새'로 불리는 이 프로에 솔로 남들의 롤 모델이라는 옛 방송인이 나왔다. 그가 후배 솔로들에게 한 말에 구구절절 고개 끄덕였다. 아무리 근사한 집에 살아도 사랑하는 사람이 함께할 때 비로소 집이 완성되는 거라고. 전 재산과 맞바꿔서라도 시간을 되돌리고 싶은 이유는, 그 시간으로 돌아가면 결혼하고 싶어서라고. 그리고 자신을 편안하게 맞아줄 사람이 있는 훈기 있는 집에서 살고 싶다고. 그가 한 말은 꼭 노총각에게만 하는 말은 아니었다. 잘 벌어 잘 쓰고 할 때는 젊음이 있었겠지만, 그 젊음은 이내 흘러가 버리더라. 함께할 가족 없이 나 혼자 누리는 호사한 생활은 큰 의미가 없다는 말로 들렸다.

연애, 결혼, 출산을 포기한다는 삼포족도 있고 결혼하지 않겠다는 비혼족도 있다. 오죽하면 새 가족 만들기를 포기한다는 이런 말이 생겼을까. 주변에는 결혼할 아들딸이 수두룩하다. 미혼인 자녀를 둔 부모는, 자녀가 다 가정을 이룬 집을 가장 부러워한다. 해가 갈수록 나이만 먹는 게 아니다. 걸림돌도 늘어나는 결혼을 향한 길은 멀기만 하다.

몇 시간을 달린 버스는 어둑해진 무렵에 고향 읍내에 도착했다. 먼 길 동참한 이들에게 뜨끈한 국밥까지 대접하고서 일정이 끝난다.

남동생 만혼은 주변에 한여름 신록 같은 기운을 퍼뜨렸다. 희망이 절망보다 우위에 있다는 진리도 함께 전했다. 나이 찬 미혼들이 서둘러 결혼을 포기하지 않았으면 한다. 잣대를 버리면 결혼관에 맞는 인연이 뜻밖에 주변에 있을 수도 있다. 어차피 혼자 살기도 버거울 바에야 둘이 맞들고 의지하는 편이 낫지 않겠나.

미운 새끼 장가보낸 84세 노모는 세상 걱정 덜었을까. 큰 근심 덩어리 덜어내었는데도 그 몸이 천근만근 무겁다 하신다.

작 심 석 달

　영하 몇 도라는 한파에도 사직 실내수영장은 붐볐다. 이런 날씨에 설마 물놀이들을 나오겠어? 이러고 한적하게 몸 좀 풀겠다던 다부진 다짐이 무색했다. 이는 마치 나는 연례행사처럼 백화점에 나갔는데 일상인 듯 여유롭게 쇼핑하는 이들을 보는 기분이랄까. 나만 시류에서 동떨어져 변방을 사는 묘한 뒤처짐 같은 거랄까.

　자유 수영 레인엔 어르신들이 동대문 놀이하듯 줄지어 걷고 있다. 느긋한 물놀이는커녕 짧은 실력의 자유영도 가다 서기를 반복해야 했다. 옆 대여섯 개 레인엔 강습받는 사람들로 50m 레인이 돌고래가 들어온 듯 물이 출렁댔다. 여태 나만 춥다며 보일러 팡팡 돌리고 난로까지 켜고서 움츠렸나 하는 자책까지 들었다.

　부산을 얼어붙게 한 날씨는 사람들 움직임마저 둔화시켰다. 내가 사는 동네 골목은 쇠미산으로 가는 길목이다. 아침마다 맞닥뜨리던 산행객이 뚝 끊긴 것만 봐도 그랬다. 나 역시 날씨를 이유로 칩거하다시피 했다. 몸은 점점 굼뜨고 둔해졌다. 이런 추위에 운동을 시도한다는 건 보통 이상의 기민한 결단력이 요구되는 거였다. 대지가 녹는 삼월에나 해야겠다며 게으름을 합리화했다. 바깥세상이 어떻게 돌아가는지도 모르고 이러고 있었으니 영락없이 독불장군이었다. 수영장에서 가쁜 숨몰아쉬는 다양한 연령층을 보자 핑계만 댄 자신이 한심했다.

당장 수영강습을 접수했다. 오래전, 직장을 핑계로 운전면허증도 못 따느냐는 빈정거림에 열 받아 석 달 만에 면허증을 땄을 때처럼. 어깨통증으로 중단했던 수영, 이번엔 돌핀킥까지는 아니더라도 평영까지는 습득하리라. 아니 딱 일 년만 지속해서 자유형, 배영, 평영, 접영으로 자유롭게 레인을 오갈 수 있으면 올 한 해는 성공한 거다. 작심 석 달의 고비만 넘긴다면.

그간 예제 수강한 과목이 여남은 개는 될 거다. 쇠미산과 금정산 등지로 등산하러 다닐 땐 등산복 가게만 눈에 띄었더랬다. 옷장에 등산복 칸을 따로 만들었다. 날이 더워지며 수영으로 관심을 돌렸다. 배에 탄력이 생기고 허리도 날렵해지던 차어깨통증과 두통이 덮쳐 그만두었다. 여러 달 치료 받으며 휴식기에 있을 때 도자기에 마음이 꽂혔다. 평생교육원 도자기반에 등록했다. 두 학기 끝내고 손을 뗐다. 흙을 주무르고 나면 어깨가 묵직하니 아팠다. 그래도 항아리며 꽃병 같은 어설픈 결과물 몇 개 건졌다. 그러다 집 가까이에 있는 한 대학 부설 평생교육원에 스포츠댄스 프로그램이 있다는 걸 알았다. 혹했다. 당장 등록하고 새빨간 댄스용 구두도 샀다. 원 투 차 차차, 원 투 차차차…. 이런 스텝에 익숙해질 즈음 그만 발목을 삐끗했다. 인대에 이상이 생겼으니 스텝을 밟을 수가 없다. 빨간 구두는 신발장 장식품이 되었다.

뭘 선택할 때 이거다 싶으면 고심하지 않고 결론짓는 편이다. 벌여 놓고 중도 포기한 것들이 태반이라는 게 문제다. 과정에 익숙해지고 진도가 나갈 만하면 귀차니즘이 고개를 치미니 자존심에 금이 갈 일이다.

후로도 변덕은 이어졌다. 헬스에서 수채화로, 다시 캘리그래피와 요가로…. 돌고 돌아 결국 수영으로 돌아왔다. 종목을 바꿀 때마다 재료비도 적잖이 들었다. 운동마다 다른 기능성 옷을 입어야 했으며, 발목에 무리가 가지 않는 구두를 신어야 하고, 다양한 색의 물감과 도구가 갖춰져야 그림도 그려지는 거였다. 수영강습에도 수영복과 수모, 수경을 새로 샀다. 드는 경비만큼 포부도 당찼다. 수채화를 배울 땐 명화 대신 내가 그린 그림 하나 걸고 싶고, 댄스를 할 땐 섹시한 옷을 입고 무대에서 스텝 밟는 상상을 했다. 캘리그래피야말로 출간할 때 멋진 제목체로 숨은 실력을 드러내야지 하는 기대가 컸다. 그러나 이도 저도 이루지 못하고 남은 건 옷이요 재료와 도구들이다.

추위에 옹크린 사이 봄이 스멀스멀 다가왔다. 통도사 홍매가 핀 지도 오래, 이는 겨울 패딩 점퍼에 편안하게 늘어졌던 살을 관리할 때가 됐다는 뜻이다. 물살을 숨차게 가르다 보면, 봄이 한창 흥청거릴 춘삼월엔 잠자리 날개 같은 옷을 입을 수 있으려나.

목표치도 정했겠다. 이번에야말로 작심 석 달의 마지노선을 극복할 참이다. 시작은 미약하나 나중은 창대하리라는 말씀이 부끄럽지 않게.

삶의 부피

손수레가 기어간다. 달팽이도 그보다는 빠르겠다. 위태하게 실은 짐이 마치 작은 초가 한 채가 움직이는 모양새다. 힘이 부치는 수레는 움직임이 굼뜨다. 오르막길에 들자 갈지자로 비틀거리며 안간힘 쓴다.

이를 지나가는 누구도 거들떠보지 않는다. 또각또각 구둣발 소리 내며 뒤따르는 걸음이 불편하다. 밀어야 마음이 편하겠다는 생각이 든 순간, 들고 있던 핸드백을 한쪽 팔에다 단단히 걸었다. 작정하고 뛰어가 손수레 짐에 두 팔을 쭉 뻗쳤다. 힘의 주축인 구두 굽이 시멘트 바닥에서 뻗대다 미끄러지고, 한껏 차려입은 옷은 당겨 올라간다.

손수레가 향하는 곳은 저만치 윗길이다. 힘을 쏟기 전에 잠시 숨 고를 수도 있으련만, 달팽이처럼 전진한다. 경사 길이라 멈출 수도 없다. 누가 밀고 누가 끄는지 얼굴을 볼 새도 없다. 한동안 밀고 당기는 보이지 않는 협동으로 손수레가 드디어 평지에 올라섰다. 누가 먼저랄 것도 없이 밀고 끌던 수레에서 손을 떼고 허리를 편다. 한바탕 팽팽한 줄다리기라도 한 사람처럼 기운이 싹 빠졌다.

두 사람은 가쁜 숨을 고르며 수레 앞과 뒤에서 서로를 바라보았다. 옷매무시하며 손수레 끌던 노인과 눈이 마주친다. 왜소한 몸집과 때 묻은 작업복 차림에 등은 동그랗게 굽었다. 새카맣게 그은 얼굴에 움푹 들어간 눈이 쥐눈이콩 같다. "고맙소." 노인이 무심한 한마디 인사를 건넨다. 이 짧은 말이 청산유수보다 깊이 와닿는다. 엷은 미소로 눈인사하곤 태연한 척 가던 길 가는데, 평생 농사꾼으로 산 아버지 모습이 자꾸 겹친다. 작은 체구에 홀쭉한 볼, 그은 얼굴이 아버지를 똑 닮았다.

인근 한 복지관에서는 노인들에게 무료로 점심을 대접한다. 이곳에 봉사차 드나들었다. 손수레 노인도 점심 먹으러 왔다. 주방에서 담아주는 노인의 고봉밥이 작은 동산만 했다. 주방에서 반찬과 국도 안다미로 담아준 덕이다. 노인은 ㄱ자로 꺾인 허리를 한 번 펴지도 않고 수저질한다. 몸에 밴 습관인지 식사도 노동처럼 했다. 가끔 그 옆자리에서 점심을 먹을 때면 내 반찬을 슬며시 그쪽으로 밀어놓았다. 그는 숙인 얼굴을 잠깐 들고는 고맙다는 인사를 나지막이 전했다.

식사를 끝낸 어른들이 이삼백 원 하는 자판기 커피를 뽑아 마실 동안, 노인은 숟가락 놓기가 바쁘게 총총히 복지관 문을 나섰다. 바지런한 뒷모습이 꼭 아버지를 닮았다. 그를 볼 때마다 시선을 쉬 떼지 못했다.

골목을 오갈 때 폐지를 싣고 다니는 동네 노인을 더러 마주친다. 짐 실은 작은 수레에는 여러 군데서 모은 다양한 박스가 켜켜이 재여 있다. 그중에 손수레 노인도 있다. 집에서 수시로 나오는 헌책이나 신문지를 모았다가 그를 불러 건넬 때도 있다. 그는 동네에서도 바지런하다고 입소문이 자자하다. 풍문에는 그 아들이 어느 큰 병원 의사라는데 사실인가는 알 바 없다. 다만 손수레와 함께하는 그의 삶은 현재진행형이라는 거다.

내 큰아버지와 작은아버지는 고등학교, 사범학교를 나와 면서기와 고등학교 선생을 했다. 아버지만 쏙 빠졌더란다. 중학교에 가고 싶어 산에 올라 울었다는 아버지는 배우지 못한 한을 자식 교육에 쏟아부었다. 큰집 일까지 거들며 머슴처럼 일했다고 어머니가 설움을 토했다. 당신 몸이 낡고 닳아 작동이 멈출 때까지 일에 파묻혔다. 골목에서 미끄러져 자리에 눕기 전까지. 훨훨 농사 잊고 편한 세월 한번 살아보지 못한 채. 당신 연세 여든이 넘어서였다.

노인이 싣고 가는 폐지의 대가가 얼마나 될까 짐작하다가 아버지를 생각한다. 감히 계산할 수 없는 희생의 대가로 살아가는 우리들인데. 노인 손수레 집채만 한 짐은 아버지 어깨에 진 삶의 부피였다.

양심과 수치

여자들 구두만 내려다본다. 구두를 도둑맞고 생긴 부작용이다. 뭘 잃어버린 사람이 죄를 더 짓는다든가. 가져갈 만한 대상 모두를 의심 선상에 올려놓아 그렇다는 말일 것이다. 신발을 신고 간 누군가 때문에 불특정 다수가 의심대상이 돼버렸다.

현관을 드나들 때마다 그 여자가 신었을 후줄근한 부츠를 발로 찼다. 내 구두야말로 얼마나 황당했겠는지. 생판 다른 발냄새를 강제로 맡게 되었으니. 가방에 넣어 다니던 볼펜만 잃어도 서운한데 하물며 아껴 신던 구두를 잃었으니, 믿고 맡긴 양심에 뒤통수 제대로 맞은 기분이다.

그날 점심때 먹은 가자미 튀김이 원인이었다. 이 생선튀김에 홀리지만 않았어도 출입구를 한 번쯤 거들떠봤을까. 왜 늘 일이 터지고 나서야 이럴 걸 저리할 걸 후회하는지 모를 일이다. 두 사람이 먹는 추어탕 밥상에 웬 생선이 네 마리나 나온단 말인지. 그것도 노란 튀김옷을 화사하게 차려입은 도톰하게 살진 가자미가.

아는 이를 따라간 추어탕 집은 가정집을 개조한 식당이었다. 거실로 보이는 방엔 여자 손님이 대부분이었다. 딱 하나 남은 자리를 뺏길세라 부츠를 얼른 벗어 신발장에 밀어 넣고 빈자리에 앉았다. 옆 밥상을 흘깃거려 보니 밥상마다 생선이 올라 있다. 아마 그곳의 특미이며, 그래서 여자 손님이 많은가 보다 여겼다. 우리 상에도 푹 곤 우거지가 먹음직한 추어탕과, 흡사 고구마튀김처럼 바싹 튀긴 가자미가 나왔다.

이 생선을 구두가 끌려가는 줄도 모르고 발라 먹었다. 꼬리를 잡고 반 토막 내어서 지느러미까지 잘근잘근 먹어댔다. 누가 나가는가 하고 현관에 신경 쓸 겨를이 없었다. 그동안 오른쪽에 앉았던 체구가 좀 큰 여자 둘이 나갔고, 왼쪽 자리에 우리보다 늦게 온 젊은 여자 셋이 뭐라고 투덜대며 나갔다.

커피까지 마시고 신발장에서 부츠를 찾을 땐 상황이 종료된 다음이었다. 예닐곱 칸쯤 되는 신발장을 샅샅이 훑어봐도 내 검정 앵클부츠는 보이지 않았다. 유명상표의 부츠는 간데없고, 손님 신발을 확인한 결과 남은 거라곤 보기에도 허름한 부츠 한 켤레다. 처음엔 당연히 잘못 신고 갔을 거라 여겼다. 가을 털끝만큼도 의심하지 않았다. 언젠가 나도 비슷한 일을 저지른 적이 있기에.

한의원에서 침을 맞고 나올 때였다. 벗어둔 신발을 신는데 이상하게 발이 조이는 감이 왔다. 치료받는 동안 발이 부었거니 여기고 별생각 없이 신고 왔는데 한의원에서 전화가 왔다. 혹시 신발을 바꿔 신고 가지 않았느냐고. 화들짝 놀라 벗어둔 신발을 보니 모양이 비슷했지만 내 것이 아니었다.

쌀 포대 사건도 있다. 친정에서 쌀을 보냈다는데 몇 날이 지나도록 오질 않았다. 요즘 택배는 하루 정도 늦어질 때도 있지만 보통 보낸 다음 날엔 도착한다. 분명 배달 사고가 난 거였다. 일주일쯤 지나 앞 동에 있던 쌀 포대가 주인을 찾아왔다. 그런 일도 있고 하여 양심이 돌아오기를 줄곧 기다렸다. 그러나 영영 무소식이다.

나는 안다. 나를 받치고 다닌 정든 신발에 대한 애도가 끝날 때까지, 어처구니없던 처음의 마음에 차츰 절망이 들어서고, 곧 체념으로 이어질 것이며, 끝내 잘 신고 잘 살라고 억하심정의 축원까지 하고서야 내 마음이 편해지겠다는 것을. 아니면 훔친 자책감을 평생 안고 살라는 기원으로 쓰린 속을 달랠 것을. 그러고도 혹여 발목을 삐거나 다리가 부러지는 일 있으면 양심을 버린 대가이거니 여기라며 미련을 떨친다.

그 일이 있은 지 얼마 후다. 문학모임 자리에서 잃어버린 신발 이야기를 했다. 잘 챙기라는 말이 요지였겠다. 사람들은 자신이 겪고 나서야 이런 말에 집중한다. 하필 그날, 참석한 회원 한 사람이 신고 온 수제부츠가 사라졌다. 그날도 옆방에는 여자들로 북적거렸다. 그들이 니갈 때마다 의심의 눈으로 감시했어야 했던 걸까.

인간만이 부끄러움을 아는 동물일진대, 부끄러움을 느끼지 못하는 양심에 수치라는 게 있기나 할지. 나는 상식 부족으로 앵클부츠를 통째 날렸고, 그 회원은 내게 들은 상식 덕에 구둣값을 구좌로 받았다. 대가를 받았을망정 신던 구두를 잃은 기분이 유쾌할 리 없다. 꼭 물건의 가치를 계산하기보다 나의 온기가 묻은 물건이다. 기분이 적잖이 언짢은 건 당연지사일 거다.

후로 식당에 갈 때 비싼 신발이거나 아니거나 꼭 열쇠 달린 칸에 넣는다. 아니면 비닐봉지에 넣어 들어간다. 이런 내가 별난 건지, 믿지 못할 사람들이 나를 별나게 만든 건지. 보이지 않는 곳에서 지키는 양심이야말로 진정한 자존심일 것이다.

호의은행

호의은행, 용어가 생소하지만 대충 감이 잡힌다. 이 용어를 파울로 코엘료가 쓴 『오 자히르』에서 접했다. 그 근원은 톰 울프의 소설 『허영의 모닥불』에 있다. 자신 소설에 응용했다고 한다. 이는 대인 간 관계에 베푸는 친절과 호의가 일종의 투자로 작용한다는 뜻을 가지고 있다. 편집인은 작가의 계좌에 수많은 인맥이라는 예금을 맡겼고, 그는 이를 '필요에 따른 이해타산'에 관한 인간관계에 대한 회유적인 표현으로 해석했다.

작가 말에 따르면 사람들은 호의은행에 예금을 맡기듯 호의를 베풀고, 또 받아들이며 산다. 또는 인맥을 예금하고 필요할 때 도움을 요청한다. 도움을 받지 못하면 그 예금(사람)은 신뢰를 잃어 없어진다는 것이다.

이 호의은행이란 용어를 대하면서 우리 주변에서 행하는 부조에 생각이 닿았다. 부조도 하나의 투자개념이란 생각이 든다. 이를테면 부조도 관계에 붓는 일종의 적금이다. 꾸준한 운동으로 미래의 자신에게 건강이란 적금을 붓듯, 사람 간에 붓는 마음의 적금이란 개념이 아닌가 싶다. 내가 해석하는 부조의 개념이 그렇다. 멀고 가깝거나, 깊고 얕은 관계 정립은 부조 여부로 가름 지어도 크게 틀리지 않을 것 같다.

옛 공동체 부조는 마을 결속과 이웃 관계 형성에 중요한 구실을 했다. 이웃이 겪는 큰일에 몸(일) 부조, 현물(음식) 부조, 돈 부조로 부담을 맞들었다. 특히, 가까운 이웃끼리는 몸 부조를 주로 했다. 내 고향에서는 몸 부조가 최근까지도 행해지고 있다. 어떤 집에 장례를 치르거나 큰일을 치를 때, 잡다한 일을 도와주거나 음식 장만을 거드는 일이다. 젊은이도 없고 아이 울음도 들리지 않는 마을이지만, 품앗이의 미풍양속이 고래로 이어진다. 노인만 남은 농촌에서 더불어 살아가며 대처하는 지혜가 아닌가 한다.

현대인은 대부분 돈 부조를 한다. 가끔 경조사로 먼 거리를 움직여야 할 때가 있다. 이런저런 상황으로 어찌해야 할지 난감할 때 몸 부조라는 말을 염두에 둔다. 그러면 참석 여부의 가름이 수월해진다. 요즘 몸 부조는 일을 거드는 측면도 있겠지만, 참석해 자리를 채워주고 그쪽 기쁨과 슬픔을 함께한다는 뜻을 비치는 거로 해석된다. 나의 몸과 마음이 다 당신과 함께한다는 진심을 전하는 행위일 거다.

사실 이 부조라는 건 억지로 할 성질은 아니다. 사람 간 마음의 거리, 관계의 거리, 도리의 거리에 따라 결정할 일이다. 언제 다시 올지 모를 먼 곳으로 여행 갔을 때 살까 말까 망설임이 일면 꼭 살 것, 먹어볼까 말까 망설여지면 꼭 먹어볼 것을 권한다. 이런 경우처럼 갈까 말까 망설여지면 가는 쪽을 택하고 싶다. 고심하다가 그 반대쪽을 택한 경우 대부분 지나고 나서 후회한 적이 많았던 경험에서 얻은 결론이다.

지난 한 해도 주변인 경조사 참석으로 걸음이 분주했다. 면목 없이 집안 큰일을 연거푸 겪으며 내 호의은행 계좌에 쌓인 은혜가 수두룩하므로, 그들이 예금해놓은 것을 되돌려준 쪽이 많았다. 어느 방송인은 자신과 전혀 관계없는 이에게도 조문을 간다고 말해 좌중이 놀라워했다. 망자가 사회와 자신에게 끼친 영향과 고마움을 생각하면 가게 되더라는 말이다. 이런 경우 부조는 품앗이라는 의미를 벗어난다. 자신과 관계된 특정인이 아닌 불특정인의 은행에다 호의를 예금한 것이다. 몸 부조가 돈과 시간과 마음이 오가는 현대판 품앗이라고 볼 때, 그 방송인의 행동은 범인의 사고를 뛰어넘는 것이었다. 통 큰 사고를 하는 그 방송인을 다시 보는 계기가 되었다.

주변 가정을 보면 결혼 시기가 된 처녀와 총각이 널렸다. 딱히 혼인 적령기라는 게 허물어지긴 했겠지만, 대중의 혼인 풍조로 볼 때 그렇다는 말이다. 아이를 출산하는 최적의 연령은 서른 살 안쪽이라고 알고 있다. 한데, 요즘 서른 이전에 결혼하는 이가 과연 얼마나 될까. 어쩌다 이십 대에 결혼하는 풋풋한 한 쌍을 보면 보기에도 흐뭇하디. 이린 세내이니 나와 관계 지어진 이의 혼사엔 기꺼운 마음으로 몸 부조할 생각이다. 아무려면 검정 옷을 입기보다 화사한 차림으로 참석해 축하하는 게 유쾌하지 않겠는지.

누군가에게 호의를 베풀어 그가 잘 되기를 도와준 후, 그 누군가가 진가를 발휘할 때가 오면 그때 자신이 원하는 걸 되돌려 받는다는 호의은행. 성의껏 맞들며 호의를 입금하는 우리나라 부조 문화와 상통하는 개념이다.

어느 심리학자가 실험했다는 '상호성의 법칙'은 더 가까운 성질인 듯하다. 다른 이가 베푼 호의는 그대로 갚아야 한다는 강박에 시달리며, 남이 베푼 선물이나 호의 등은 결코 공짜가 아니라 미래에 내가 갚아야 할 빚으로 인식한다는 거다. 옛날 품앗이로 시작되는 이런 공동체 의식이 비단 우리나라에서만 내려온 풍습은 아닌가 보다.

관계를 맺고, 관계 짓고, 관계를 유지하는 데 한 수단이 되는 우리의 부조문화. 가깝게 알고 지내거나 나와 관계 지어진 누군가의 기쁨과 슬픔을 함께하고 맞드는 행위. 일 치른 당사자에게는 격려를, 관계는 더 다져지는 결과가 덤으로 따른다. 나도 큰일을 겪으며 주변으로부터 정신적 물질적으로 큰 도움을 받았다. 나를 거든 그들은 모두 나라는 사람의 계좌에 호의를 입금한 셈이다. 이런 상황이니 아직은 부조문화의 울타리를 벗어날 때가 아니다. 돌려줄 호의가 많기에 그렇다. 당분간은 그들 호의은행에 예금을 부어야 할 것 같다.

정보시대

카카오스토리 알림이 이따금 뜬다. 친구 사이로 등록된 어느 사람이 새 글을 올리거나, 내가 쓴 글에 누군가가 댓글을 달았을 때, 또는 친구요청이 있거나 쪽지를 보내온 경우다. 요즘 외국인으로부터 친구요청 메시지가 간간이 뜬다. 우선 상대 이름부터 영문자다. 보내온 인사도 영문이다. 상대 프로필을 슬쩍 클릭해보면 건장한 서양 남자가 얼굴 내민다.

생판 알 일 없는 상대로부터 들어오는 친구 요청에 긴장이된다. 경계심부터 든다. 친구로 등록한 사이에도 왕래를 안 하는 편인데 이런 생뚱맞은 상황이 반가울 리 없다.

접근한 경로가 궁금하다. 한번은 '누구시냐, 어떻게 나를 알았느냐?'라는 메시지를 띄웠다. 기다린 듯 답장이 날아들었다. 우리 친구 하잔다. 반말로. 그래서 답했다. 한국에서 연장자에게 반말하는 건 예의가 아니라고. 서로의 신뢰가 중요한 거라며 아이디로 소통하잔다. 뭐 개인 카톡으로 통하자는 뜻일 거였다. 무관심했더니 다행히 더 이어지지는 않았다.

본심이 순수하건 아니 건 모르는 서양 남자가 내게 연결됐다는 사실은 놀랍다. 전 세계가 인터넷이라는 통신망으로 연결되어 있다고는 하지만, 이렇게 근거리까지 접근할 줄이야. 찍을 때 자동 저장되는 사진, 망에 올리는 글과 메시지를 통해 경로가 저장되고, 온라인상에서 누구나 거미줄처럼 통할 수 있다는 말이 아니겠는지.

이 일을 계기로 즐겨찾기 해둔 가입사이트를 확인해봤다. 무려 예순 개가 넘는다. 다 개인정보를 기재하고 회원으로 가입한 곳이다. 물건 구매로 가입한 단발성인 데는 해지 절차를 밟는다. 가입한 아이디나 비밀번호를 사이트마다 약간씩 달리해 내 정보로 접속하는 일도 여간 번거롭지 않다. 이처럼 회원 가입할 때 올린 내 정보도 속속 흘러나갈 수 있을 것이다.

구글 모회사 알파벳이 '옳은 일을 하자'라는 공식 모토를 무색하게 한 일이 드러났다. 안드로이드 폰 이용자 동의 없이 개인 위치 정보를 구글 본사로 전송한 사실이 알려졌다. 그뿐 아니라 인공지능 스피커 '구글 홈 미니'의 센서 오류로 주변 대화가 임의로 녹음되고 구글로 전송된 일도 있다는 기사도 보았다. 보통 사람 생각이 미처 따르지 못하는 이런 기술력이 놀라울 따름이다. 나는 안주하고 있는데 정보통신 기술은 나날이 도약하고 있음을 깨우쳐준다. 이런 걸 보면 외국인이 접근한 경로를 의아해하는 건 어리석다는 결론이 나온다.

하기야 곳곳에 설치된 감시카메라에 자신도 모르는 새 찍히는 횟수에 놀란다. 별의별 사건과 사고가 일어나는 때, 엘리베이터나 길을 가다가 카메라를 발견하면 손을 흔든다. 부러 눈 맞추고 내 자취를 남긴다. 세상 앞일을 모르기에 자료를 저장하는 측면이다. 가족에게 어디를 간다고 일일이 알릴 수도 없는 일이다. 곳곳에 설치된 카메라에 내 동선을 저장한다. 인터넷상에서는 개인정보가 나라는 사람을 만천하에 드러내는 일이라면, CCTV는 불특정 다수의 움직임을 감시하고 또 보호하는 양면의 역할을 한다. 감시도 하지만, 감시하고 있으니 나쁜 행위를 예방하는 측면도 분명 있을 것이다.

휴대폰 사용이 서툰 이가 보통과는 다른 경로로 사진을 보내왔다. 카카오톡이나 일반메시지에 첨부하지 않고 다른 방식이다. 주소를 클릭하니 '귀하의 정보가 공개될 수 있다.'라는, 대충 이런 메시지가 떴다. 이 경로로 사진을 두어 번 연 적이 있다. 이런 사소한 클릭 한번이 어떤 세상에 사는지도 모르는 이가 접근하게 한 원인이 되었을지도 모른다는 생각도 든다.

휴대전화기를 종일 손에 달고 사는 세상이다. 휴대폰을 들여다보며 걷다가 강물에 빠지고, 휴대폰을 보며 차를 몰다 다른 사람에까지 피해를 준다. 세계가 보이지 않는 촘촘한 통신선상에 연결돼 있다. 개인 정보를 열람하는 시대란 걸 실감한다. 인터넷에 내 흔적을 올리는 순간 그것이 세계로 연결된다는 뜻이 아니겠는가. 어쨌건 인터넷이 생활과 정신까지 지배하는 시대다. 그렇다고 다시 아날로그로 회귀하기에는 신세계의 편리함에 깊이 길들었다. 나를 인터넷상에 내놓지 않는 게 차선일까. 꿋꿋하게 복고를 외치며 살아야 할까.

그럼에도 정보 공유는 점점 속도를 낼 게 빤하다. 알아서 지혜롭게 살아갈 일이다.

익숙한 것의 소중함

멍 때리고 있다. 중대한 일을 앞둔 사람처럼 습관적으로 들여다보던 휴대전화에서도 관심을 뗐다. 무언가 분주할 것 같은데 딱히 할 일도 없다. 안달하던 생각을 바꾸자 이리 안절부절못할 것까지도 없다는 생각에 닿는다. 날린 자료는 체념하고 미련을 접자며 위안한다.

벌어진 사태를 곰곰이 짚어본다. 가만 보니 쓰러진 건 컴퓨터가 아니라 나라는 사람이다. 언제부터 컴퓨터에다 내 정신과 활동영역까지 맡겨놓았나. 과연 컴퓨터라는 만능 일꾼이 작동을 멈추면, 생활 전반 흐름까지 마비돼야 하는 건지. 컴퓨터 정지사태는 엄지손톱이 멍들어 단추 채울 힘도 없던 때처럼 나란 사람을 흐물흐물하게 뭉개놓았다.

보관해둔 온갖 자료를 한방에 날렸다. 전후 따져보니 일은 원 상태로 돌아간 게 아닌가 싶다. 컴퓨터도 없던 때는 자료라고 보관할 것도 없던 백지상태였지 않았나. 그만큼 머릿속도

깔끔했을 것이다. 잃어버린 것은 사실 목숨과 직결되는 것도 아니다. 그것이 없어도 살아갈 수 있는 삶의 부수적인 덤이거나 군더더기이기도 했겠다. 차곡차곡 쌓은 정신의 곳간이 공중분해 되었는데도 나는 잘 살고 있지 않은가 말이다.

이참에 둘러보니 나 한 사람에 속한 물건들이 잡다하다. 가구며 옷, 액자, 책, 가전제품, 신발, 그릇…. 연륜 따라 불어난 이런 것들을 보며 조금씩 정리해야겠다는 생각은 늘 하고 있다. 알게 모르게 이들에 시간을 뺏겼을 것이며, 이들에 신경을 쏟았을 것이다. 여기에다 인터넷이며 휴대전화까지 가세해 의식이 세분화되니 건망증도 갈수록 심각해지는 건 뻔하다. 생각을 분산해야 하는 만큼 기억은 점점 얕아져 기록에 의지한다. 인간관계는 깊이보다 실용성을 우선하는 결과를 낳을 것이다.

머릿속이 분잡하니 관계의 혼잡함을 회피하게 된다. 깊이 생각하지 않아도 되는 단순함을 따른다. 이는 실제 사용가능한 뇌의 용량이 줄어드는 증상이든지, 과부하가 걸려 스스로 용량을 조절해 살아남으려는 몸부림은 아닐까 싶어진다.

컴퓨터 회복불능 사태는 관계 유지의 비결도 곁다리로 일러준다. 사람 간에도 어떤 연유로 마음이 떠나기 전에 살뜰히 관리할 일이라는 걸. 컴퓨터가 과부하가 걸리는 줄도 모르고 일거리만 줄곧 주입해댔다. 사소한 감정 표시도 흘려듣지 않았어야 했다. 문제를 호소할 때 세심하게 응했어야 했다. 어쩐지 연락이 뜸해가는 지인을 소홀히 여겼던 것처럼, 그 지인이 어느 날 불쑥 연락을 끊어버린 경우처럼. 기계의 삐걱댐에 크게 신경 쓰지 않았다. 진즉 귀 기울였다면 이런 난감한 사고는 방지할 수 있었을지 모른다. 일이 벌어진 후 후회막심이어도 돌이킬 수 없다. 사라진 사진과 글에 쏟은 시간과 정신을 어떻게 보상받으란 말인가. 다만 무엇이 잘못된 건지 돌아보고, 반성하는 길밖에.

누구에게서 받은 선물을 잃으면 거기에 담겼던 마음도 잃는 걸 거다. 어떤 사이에 선물로 얽힌 정을 잃어버린 것이다. 물건이야 그렇다 치더라도 주고받은 마음까지 잃는 건 애석하다. 받은 선물을 대할 때마다 떠올렸던 상대도 생각 속에서 멀어지는 감이 든다. 다행스럽게도 내가 잃은 건 사람은 아니다. 나 혼자 일로 끝났으니 그나마 다행이지 뭔가. 따라서 관계에도 이상 없음이다.

자료를 왕창 날린 쓰라림의 근원을 바꿔 생각해 보니, 상실한 우울함이 좀 상쇄되는 것 같다. 깊이 괴로울 때는 내게 이로운 관점으로 생각해 보기, 더 나쁜 경우를 상상해 보기, 이는 당면한 고통에서 최대한 빨리 벗어나려는 마인드컨트롤인 셈이다. 이처럼 일의 관점을 최대한 빨리 뒤집어봄으로써 안정도 빨리 되찾게 된다.

시행착오는 시시로 겪는다. 그러구러 처세의 경륜도 쌓인다. 실수를 반복하지 않으려면 신중한 선택과 판단, 지혜가 요구된다. 더 큰 걸 잃지 않으려면 말이다. 컴퓨터 하드웨어 증발 사태 후 멍한 정신이 명료해지기까지 근 한 달이 걸렸다. 이런 일이 계기가 되어 의식도 성숙해지나 보다. 요즘 후유증이다 싶을 만큼 자료를 챙기고 또 챙긴다. 본체에 1차, 외장저장고에 2, 3차 저장한다. 그러고도 가장 안전하다는 인터넷 사이트에 올리고서야 비로소 안심한다.

예사로 거기에 있는 것들의 소중함은 염두에 두지 않았다. 평범하게 여기는 일상이 모여 삶이 된다는 걸 간과했다. 오래 알고 지낸 사람도 비슷한 것 같다. 익숙하거나 낯익음이 주는 소소한 고마움을 예사로 흘렸다. 그들을 경시한 대가는 혹독했다. 부러 멍 때리는 대회도 있다는데 본의 아니게 멍한 시간을 보냈으니 뇌가 좀 쉬었을까.

심적 몸살을 심하게 앓고 장마 후 햇살 같은 일상을 만난다. 다 떨쳐낸 말간 기분으로 관계를 재정립한다. 컴퓨터와 나, 끊을 수 없는 IT시대 우리의 관계를.

146

사월, 그날의 바다

다시 4월 16일이다. 국민에게 슬픔을 안긴 세월호 사고가 일어난 날이며, 개인적으로는 결혼기념일이다. 기념일에 앞서 착잡해지는 그런 날이다.

바야흐로 만화방창萬化方暢한 시절, 생명의 기운이란 다 들썩댄다. 그 정점인 사월도 중순, 각양 꽃이 연이어 피고 들에서 쑥 캐는 여인들 등에서 아지랑이가 핀다. 이렇게 대지가 술렁이는 봄도 누구에게는 침통한 때임을 여지없이 떠올리게 된다.

몇 해 전 그날을 생각하면 한없이 섧다. 생이 막 피어나는 봄의 시기에 원통하게 생을 등진 그 많은 청춘이 가엾다. 그 사이 몇 번의 봄이 지고, 또 그 봄이 돌아왔다. 그 사고를 다룬 다큐멘터리 영화가 나온다기에 첫날 개봉관으로 달려갔다. 영화를 보기 전과 본 후엔 그 일을 바라보는 시각부터 달라졌다. 꾸민 영화가 아니라 사실을 파헤친 영화라 그렇다. 이 영화를 보라고 추천하는 이유다.

이제 사월은 그냥 잔인한 달이라기보다는 '그날의 바다'로 기억될 것 같다. 영화 〈그날, 바다〉를 본 소회다. 막연히 '안됐다'라는 감정이 아닌 깊은 슬픔이 북받친다. 함께해야 한다는 사명감 같은 걸 갖게 된다. 눈물로 화장이 씻기도록 내버려 둔 채 본 영화다.

'봄봄봄 봄이 왔네요. 우리가 처음 만났던 그때의 향기 그대로~~~'

이렇게 달콤한 로이킴의 '봄봄봄' 노랫말과 멜로디가, 고인이 된 생기발랄한 소녀들이 찍은 동영상 뒤로 흐른다. 봄이 왔건만 그날의 아이들은 세상에 없다. 손으로 V자를 그리며 사진 찍고 여행가는 즐거운 모습으로 시작한 영화는, 여고생들의 깔깔대는 한때의 생전 모습으로 끝맺는다.

그날 아침도 습관처럼 달력으로 눈이 갔다. 중요한 약속을 잊을까 싶어 자주 달력을 보곤 한다. 마침 내가 결혼하고 신혼여행을 간 날이다. 철이 들기도 전에 한 결혼이라 그런지 썩 각별하게 챙기지 않는 날이다. 한데 어쩐 일인지 이날 아침엔 수선스럽고, 봄기운 탓인지 기분마저 처졌다.

그때 접한 뉴스 속보에 심장이 덜컥했다. 심상찮아 보였다.

놀랍게도 수학여행을 가던 생때같은 아이들이 수백 명이나 탔단다. 정말이지 일이 발생한 초기에는 누구나 그랬을 것처럼, 그대로 가라앉으리라고 짐작하지 못했다. 어떻게 그 많은 생명이 스러지는 걸 구경만 했단 말인지. 그들의 창창한 생처럼 찬란한 그 봄날에. 영화에서 헬리콥터 날갯소리가 웡웡 들리는 당시 화면을 보면서, 아직 다 가라앉지도 않은 배에서 왜 아무도 나오지 않는지를, 왜 누구도 구조하지 않는가를 소리쳐 묻고 싶어졌다.

내 자식 같은 아이들은 어디로 갔는가. 그 가족이 아니라도 섧다. 너무나 서러워 절로 눈물이 흘렀다. 자식을 잃은 가족들의 슬픔은 사위지 않는 고통임을 새삼 느꼈다. 그 비통함을 짐작한다는 말조차 조심스럽다. 나는 몇 해 전 그때, 유가족에겐 미안하지만 속다짐한 게 있다. 내 아이들이 어디에선가 숨 쉬고 있다는 것만으로 다른 욕심 내지 말자는 그것이다. 누구에게나 자식은 그런 존재다. 이따금 속 썩는 일이 있을 때면, 그때 한 생각을 돌이키며 마음을 다잡곤 한다.

그 봄이 또 찾아온 것처럼 시간은 하릴없이 흐른다. 벌써 사주기다. 설령 잊고 있다가도 이날만큼은 그들을 기억하면 좋겠다. 그리고 더는 모로 드러누운 배를 방송으로 내보내지 말기를 바란다. 아이들의 아우성이 들리는 듯해 차마 볼 수가 없다. 볼 때마다 섬뜩해지는 그 장면은, 벤 자리에 소금 뿌리는 격이 아닌지.

꽃 진 자리에는 해가 바뀌면 꽃이 피고 싹이 움튼다. 무심하게도 사람이 떠난 자리엔 사위지 않는 고통만 옹이처럼 남는다. 지켜보는 이들은 떠난 사람과 남은 가족을 생각하며 측은지심과 연대감을 가져야 마땅할 것 같다. 그러나 세상은 아무 일 없듯 제 본연의 이치대로 흘러가고, 사람들은 차츰 그 일을 잊어갈 것이다. 오랜 시간에 걸쳐 자료를 토대로 밝혀낸 진실은 규명되어야 한다고 본다. 김지영 감독의 용기가 결국 해냈다.

내가 할 수 있는 일은 이런 영화를 보며 아픔에 동참하는 일이다. 봄의 정취에 겹다가도 사월 열엿새엔 가여운 넋과 그 가족을 화살기도에 넣는 걸로 마음을 함께하리.

곧 산벚꽃도 지고, 때죽나무 순백의 꽃이 조롱조롱 매달려 세상을 울릴 테지. 뒤따라 산딸나무 하얀 십자꽃잎도 하늘 향해 펼칠 것이며. 마치 천상에 기도하듯, 추모하듯.

책 읽고 싶은 사람들

글 배우면 뭐부터 하고 싶노?

나는 도서관에 가서 책 한 번 읽어보는 게 소원이다.

나는 손자들한테 문자 보내고 싶다.

팔순을 앞서거니 뒤서거니 한 어머니들 대화다. 친정어머니
가 까막눈인 자신을 한탄하던 말이 언뜻 스친다. 날마다 글자
를 접하고 글 쓰는 사람으로 살며, 읽지 못하고 쓰지 못하는
답답함을 헤아려본 적이 없다. 세상에 깔린 글자를 해독하지
못하는 심정을 알려고 한 적도 없다. 문맹의 눈으로 숨통 막히
는 세월을 살아온 이들이 주고받는 대화는 절실하고 또 간절
하다.

이런 어른들을 만난다. 자신의 무지가 부끄러워 이웃에도
숨기고 며느리에게도 숨기고 나온단다. 시대가 바뀌고 사고가
바뀌었다. 배우지 못한 한을 풀고자 스스로 배움의 장을 찾아

나섰다. 이런 교육장에 온 것만도 반은 성공한 거라며 환희에
차 있다. 은행에서도 글을 쓸 줄 몰라 볼일을 볼 수 없고, 자식
들에게 문자 한 자 보내지 못하는 설움을 풀고자 왔다. 어서
배워서 써먹고 싶은 마음이 저만치 앞서 간다. 공부 시작 한
시간 전부터 와서 복습하며 기다린다. 가슴마다 굴곡진 사연
과 무지갯빛 꽃씨를 품고서.

진지한 표정으로 '가나다라…'를 읽고 '가갸거겨…'를 쓴다.
낱말을 익히고 문장을 읽는다. '가'로 시작하는 낱말을 배우
고, 자음 받침이 들어가는 낱말을 공책에 그리다시피 쓴다. 받
침 응용과 쌍받침을 접하고 받아쓰기도 한다. 점수를 매길 땐
아이처럼 기뻐하고 작은 실수에 탄식한다. 배운 글자도 까마
득히 잊어먹고는 미안함과 민망함에 흘러간 세월을 한탄한다.

자신에 차는 시간은 동요를 부를 때다. 어릴 적부터 불러온
동요는 입에 배었다. 〈고향의 봄〉, 〈동대문을 열어라〉, 〈오빠
생각〉 같은 동요다. 노래는 유창하게 부르지만 그 글자를 읽
자하면 목소리가 안으로 기어든다. 이 돌머리를 어쩌면 좋으
냐고 하소연도 곁들이며.

친정어머니도 아버지로부터 한글을 깨우치셨다. 떠듬거리
나마 자식들 이름이며 글자를 읽고 쓰신다. 일평생 농사지으
며 가족 건사하랴 한눈 돌릴 새가 있었겠는가마는, 국어책이
라도 펴놓고 한 자씩 함께 읽었더라면 좋았을 것을. 아니면 짧

은 동화책이라도 읽어드릴 걸 하는 생각을 지금에야 하고 있다. 활자 시대에 문맹으로 사는 답답함을 어찌 헤아리지 못했던가. 문자메시지라도 주고받는다면 어머니 홀로 보내는 시간이 덜 지루하고 덜 외로울 텐데 싶다.

어른들은 글자를 알아가며 새 세상을 여는 중이다. 이런 세상이 다 있었냐고, 몰라서 오지 못했노라고 신세계를 환호한다. 문해文解 학교는 글자 해독능력이 없는 이들을 대상으로 한글을 가르친다. 이곳에서 한 주에 두 시간 봉사한다. 한 글자라도 더 배우려는 눈빛과 열의를 대하면 잠시도 느슨해질 수 없다. 수업이 있는 날엔 일찌감치 와서 선생을 기다린다. 딸 같은 선생 먹으라며 삶은 고구마며 커피, 사탕 같은 먹을 것을 챙겨 온다. 이곳에 가는 날은 꼬박 반나절이 소요된다. 피로감도 따르지만 돌아오는 걸음은 뿌듯하다.

종래의 문맹이란 개념은 단순히 문자를 읽거나 쓰지 못하는 상태를 뜻했다. 반대로 문해란 문자해독능력을 보유한 상태를 의미했다. 그러나 현대에 와서는 그 개념을 좀 달리 해석한다. 문자해독능력을 넘어 일상 사회생활에서 요구하는 기본생활 기능과 사회의식 수준까지를 포함한다. 요즘도 한글을 모르는 사람이 있냐고 할 수도 있다. 그런데 뜻밖에 적지 않은 게 현실이다. 이들은 지난 시절 궁핍한 환경과 교육 인식의 결핍이 빚은 시대의 희생자라는 생각도 든다.

한 해를 마무리하며 작품발표회도 한다. 시인이 되어 시도 지었다. 글자를 못 쓰면 입으로 시를 짓고 나는 그 시를 받아 적었다. "눈 내리는 오솔길/ 눈을 밟으면 뽀득뽀득/ 한밤에 눈을 맞으며 걸어가던 그 시절 추억이/ 새근새근 생각난다./ 그리운 친구 능자 순자/ 보고 싶구나/ 달밤에 썰매 타던 친구여", 이런 시를 받아 적으며 내심 놀란다. 묵은 세월 속에 가장 빛나던 시절의 기억이 웅숭깊은 시어로 꿈틀대고 있어서다. 원치 않는 나이는 먹어가지만 가슴 밑바닥 소녀의 감성은 바라지 않았음을 발견한다.

남들이 다 가진 것을 저만 못 가진 서러움은 클 것이다. 배움도 그럴 거라 짐작한다. 학교에 가지 말라고 맞았다는 이, 어쩌다 절에 맡겨져 배움의 시기를 놓쳤다는 이, 들어보면 사연도 기구하다. 오랜 시간 묻어둔 꿈의 씨앗이 인생말년에서나마 소담하게 꽃 피웠으면 좋겠다. 도서관에서 책 읽는 꿈도, 자식에게 메시지 보내는 꿈도 꼭 이루기를 바란다.

4부

그곳에
흘리다

블레드에서 감성을 회복하고

　중세의 거리에서 답답함을 느낀다. 기본 역사가 500년씩은 족히 되는 동유럽 도시를 바람처럼 스쳐 지난다는 아쉬움이 인다. 여행하는 데 무거운 목적이 있을까마는 쉬 올 수 없는 공간의 짧은 스침이 안타깝다. 사라진 옛 고향 터에 선 심정으로 도시와 교감하고 싶었다. 한데 유럽풍 도시 자체에만 열광한다. 보헤미아 왕국의 천 년 역사를 상징하는 프라하성이나 유럽 중세건축의 걸작이라는 카를교에서도, 중세와 르네상스 시대가 보존된 세계문화유산의 도시 체스키크룸로프나, 800년 역사를 지닌 오스트리아 빈의 성 슈테판 사원에서도 카메라 셔터만 눌러댄다.

　한편 안락하기도 하다. 위압감을 주는 각진 빌딩에 질린 눈이, 빨간 기와지붕 모양의 안정된 건물에 순해진다. 돌 보도블록에도 역사가 묻었다. 중세의 도시를 상상하며 바닥을 보며 걷는다. 원색 간판과 조명을 지운 중세의 거리는 상상 속에서

고색이 완연하다. 묵은 건물과 거리에 교감하려 걸음도 늦춘다. 단순하면서도 똑같은 모양이 없고, 규격을 벗어난 크고 작은 다양한 문에 마음을 온전히 홀린다. 문을 드나들었을 옛사람에게 말도 걸어본다. 그들의 자취를 더듬으며 한 이틀 더 머물고 싶단 생각만 간절하다.

블레드는 눈 덮인 알프스와 넓은 호수를 끼고 있다. 슬로베니아의 고요하고 평화로운 호수 마을이다. 오스트리아, 헝가리 귀족들이 이곳에 별장을 짓고 머물렀다는 오랜 전통의 휴양 도시다. 율리안 알프스의 빙하가 만든 블레드 호수에 떠 있는 블레드 섬은 그곳 풍경에 방점을 찍는다. 이 조그만 섬에 성모승천 성당이 있다. 당시에 신을 얼마나 정갈하게 모시려고 호수 가운데에 성당을 지었을까. 성당은 9~10세기에 슬라브 신화 속 지바 여신의 신전을 모셨던 자리에 지었다고 한다. 세파를 벗어나 처연하고 고고하게 천년을 버텨왔을 성당이다. 배경지식이 전혀 없는 하얀 눈으로 성당과 블레드 성을 보기를 잘했다. 기대하지 않은 감동으로 뻐근해지고 퍼석한 감성도 촉촉해진다.

알프스의 숨은 보석이라는 블레드의 존재를 여행하며 알았다. 달력에 나옴 직한 사계 풍경도 풍경이지만 이곳에 깃든 역사마저 찬연하다. 성전 입구 양쪽 벽에 붙은 부식된 대리석 성수 통이며, 실금이 가고 닳은 티가 역력한 제대 주변 바로크

158

양식의 집기들…. 그 앞에 서니 지상에서 고작 100년도 채우지 못할 인간으로 덧없어지는 느낌이다. 마음으로 어루만지며 그들의 영원한 시간 속에 담기기를 바란다.

세 번 울리면 소원이 이루어진다는 기원의 종 줄을 잡는다. 천장에서 늘어뜨린 줄을 잡아당기자 저 천상에서부터 울리는 듯 뎅그렁뎅그렁 종이 울린다. 한 번, 두 번, 세 번…. 이런 데서는 굳이 자신의 종교와 연관 지을 필요가 없을 것 같다. 종 앞으로 사람들이 금방 길게 줄 선다. 소원이 많은가 보다. 성령의 축복이 성전 안에 들이치는 햇살처럼 자욱이 번지는 느낌이다.

대부분 여행자는, 특히 여자는 기념품을 사고 싶어 한다. 여행지를 기념할 만한 물건을 사지 않으면 뭔가 허전하다. 나는 부담이 없는 기념품을 사는 편이다. 성당 옆 작은 기념품 가게에서 1단짜리 빨간색 묵주와 블레드 성이 그려진 자석기념품을 샀다. 여행지의 커피도 마셔봐야 하는 법, 아메리카노 커피 한 잔을 샀다. 소박하고 낡은 성당 마당에서 3월 초순의 따사로운 볕을 쬐며 홀짝홀짝 마신다. 아직 새싹이 돋지 않은 키 큰 나무엔 새집처럼 뭉텅뭉텅 겨우살이가 달렸다. 그들도 봄볕을 마신다. 우리나라에서는 귀한 겨우살이가 이곳에서는 흔하다.

여행 막바지 블레드에서 무뎌진 감정이 회복될 기미가 보였다. 햇살이 쉬는 성당 첨탑과 첨탑이 드리운 그늘 잔디밭을 무심히 바라볼 때다. 미처 못 봤던 작은 조각 하나가 눈에 띈다. 튕기듯 일어나 가까이 가보니 부식되고 칠이 벗겨진 여자 석상이다. 굽실거리는 긴 머리에 치렁한 치마가 발목을 덮었다. 왼손에 향유 병을 든, 여인이라기보다 소녀상에 가깝다. 얼굴을 덮은 푸르뎅뎅한 이끼와 회색 더께가 앉은 몸, 바스러질 듯 삭은 치맛단…. 이보다 적나라하게 그녀가 겪었을 풍상을 드러낼 수는 없을 것 같다. 그동안 동화되지 않아 답답하던 심경이 마침내 울렁울렁 흔들린다. 성모인 듯 두 팔로 안고 석상을 한 바퀴 돈다. 부식한 돌 치맛단을 잡고 그녀를 올려다보니, 비바람에 만신창이가 되어서도 살포시 미소 짓고 있다. 성당 첨탑 그늘에서 이보다 행복할 수 없다는 표정이다.

The Baroque statue of M. Magdalene.

석상 아래 적힌 글이다. 이 여인을 누구도 눈여겨보지 않고 셔터만 눌러댄다. 예수의 죽음과 부활을 지켜본 증인 막달라 마리아다. 주민 거의 가톨릭교도라는 이곳에서 미사에 참례하면 사윈 신심의 불씨가 살아날는지. 건강에 무리가 와 쉬기 시작한 신앙생활이 여남은 해 되었다. 뭐래도 마음은 떠난 적 없음을 막달라에게 고백한다. 호수로 향하는 99계단을 내려오며 막달라 성녀의 배웅을 오래오래 받는다.

전통나룻배 플레트나가 섬에서 멀어지자 블레느 섬도 눈에서 멀어진다. 그제야 과제를 해낼 수 있겠다는 결의 같은 것이 꿈틀댄다. 섬에서 나와 만난, 백 수십 미터 절벽 위에 우뚝 선 블레드 성과 그곳에 새겨진 가마득한 시간의 자취는 또 어떻고.

여행지 기념품을 손에 들고 있다. 그곳을 향한 뭉근한 그리움이 인다. 원형으로 연결하지 않고 늘어뜨린 빨간색 묵주와 블레드 섬 자석이다. 시간이 촉박한 중에 서둘러 산 것들이다. 여행지에서 사 온 자석을 붙이려고 아예 자석 보드를 샀다. 냉장고에 덕지덕지 붙이지 않아도 된다. 여기에 여행한 흔적을 집결했다.

자석 보드엔 두어 뼘 공간이 남아 있다. 이 자리는 어느 미지의 자석으로 채워질지. 사 온 겨우살이 차를 마시며 여행을 반추한다.

아무르 강변 노을 속에서

피에트라 강가 둑에 앉아 이 글을 쓰고 있다. 손은 꽁꽁 얼었고, 다리
엔 쥐가 났다. 매 순간, 쓰기를 그만두고 싶은 충동을 느낀다.*

아무르강을 잠식하는 석양 속에 서 있다. 하바롭스크 도시
를 끼고 흐르는 강도 불그죽죽 물든다. 종일 들고 다닌 카메
라 무게에 어깻죽지가 뻐근하다. 이럴 때면 아주 잠깐이지만
찍기를 그만두고 싶은 강렬한 충동에 휩싸인다. 어깨는 통증
으로 얼얼하고 팔은 쥐가 난다. 그러나 언제 또 볼지 모를 아
무르강 석양 무렵에 앵글을 잡는다.

여행자는 이 강을 보려고 이곳에 온다는데, 나는 별생각 없
이 왔다. 그렇게 와서는 한 달간 주저앉고 싶단 생각을 한다.
이곳에 오기 전 읽었던 파울로 코엘료의 『피에트라 강가에서

---

* 파울로 코엘료 장편소설 『피에트라 강가에서 나는 울었네』 중에서

나는 울었네』에 필라를 생각한다. 오랫동안 강물을 바라보며 눈물이 나오지 않을 때까지 목 놓이 울있나는 필라를. 나도 노을 지는 강가에서 석양빛에 물들며 속울음을 운다. 누구라도 이런 휘황한 일몰 앞에서는 가슴 저리지 않으랴.

이념이 다르고 동토의 땅으로 인식하던 나라에 해가 이운다. 장엄한 우주의 파노라마에 정신까지 아득해진 모양이다. 강이 저만치로 내려다보이는 전망대에서 쇠 구조물에 발이 걸렸다. 석양과 구름이 펼치는 일필휘지에 카메라를 들고 서두르다 뒤로 넘어졌다. 꽤 아프다. 눈물이 왈칵 솟구친다. 언제라도 울 준비가 돼 있었던 것처럼. 언제 다시 올까 하는 마음에 초조했던 걸까. 아무렇지 않은 듯 일어섰다. 무거운 카메라도 팽개치고 오직 눈에다 이 장관을 담아 가고 싶다.

눈, 자작나무, '닥터 지바고' 같은 단어가 떠오르는 땅이다. 이곳 하바엔 우수리스크에서 시베리아 횡단열차로 열두 시간 걸려 왔다. 시베리아 광활한 대지를 관통하며 기차는 시속 80~90km 속도로 달렸다. 몸을 돌아눕기에도 비좁은 덜컹대는 침대에서 자는 듯 마는 듯 기차 따라 흔들렸다. 새벽 네다섯 시쯤, 창밖이 희붐해 오고 안개가 자욱이 깔린 들판이 창밖으로 광활하게 펼쳐졌다. 뽀얀 목피의 자작나무가 희끗희끗 지나갔다. 한대지방 러시아령임을 실감시키려는 듯.

하바롭스크는 규격이나 묵직함이 느껴지는 블라디보스토크

나, 자못 경건해지는 항일독립운동 지역인 우수리스크 분위기와 달리 온화하다는 느낌이다. 극동의 대도시인데도 번잡하지 않다. 하늘은 한국에서 보는 뿌연 증상 없이 투명하고 파랗다. 녹음 속으로 솟은 초록, 파랑, 금색, 붉은색 건물 지붕과 뾰족한 첨탑, 아치형 지붕을 주로 한 정교회 건물이 시선을 붙든다. 러시아라는 나라에 가졌던 굳은 인식을 희석한 게 있다면, 바로 정교회 건물일 것이다.

바람이 선들선들 부는 아무르 강변 공원을 걷는다. 날은 저무는데 걸어보지 못한 강 가녘과 석양 무렵 운치가 숙소로 돌아가는 발목을 잡는다. 때마침 해넘이 축제가 정점으로 치닫고, 하늘엔 큰 붓으로 물감을 휘갈긴 듯 구름이 현란하다. 강과 강을 낀 도시가 통째 석양을 머금었다. 온통 붉다. 이 순간을 놓칠세라 마음이 서두른 탓이다. 바지를 입었기에 망정이지, 카메라가 부서질까만 신경 썼다. 정육면체의 쇠 구조물에 걸려 뒤로 주저앉듯 자빠졌다. 이 난리 통에 전망대에 있던 관광객이 단말마의 비명을 냈다. 괜찮은 척했으나 괜찮지 않았다. 오금에 시퍼런 피멍이 들었다. 그런 중에도 노을은 펄펄 타고. 고통의 강도에 타는 노을까지 합세해 몸을 사를 지경이다.

이런 감흥을 주는 아무르강도 역사의 회오리에서 벗어나지 못했다. 러시아 혁명 시기 수많은 사람이 처형당했다. 그때 처형한 사람들을 차가운 이 강에 던졌다고 전한다. 당시 역사는 이미 과거가 되었지만, 강물이 마르지 않는 한 역사의 진실은 희석되지 않을 것이다. 이곳엔 일제 핍박을 피해 이주해 온, 조선인 후손 고려인이 만여 명 살고 있다. 소수 민족을 이뤄 살아가는 이들의 뿌리는 한국이 아닌가. 추운 타국에서 살벌한 세상을 헤쳐 나왔을 그들 지난날에 침통해진다.

강변 공원에 있는 성모승천 사원은 꼭 들르자고 벼른 곳이다. 사원에서 강까지 긴 계단으로 이어진다. 저 아래에서 올려다보면 교회 지붕이 마치 하늘에 떠 있는 듯 보여 이 계단을 천국의 계단이라고 부른다. 계단 저 아래에서 올려다본 청색 지붕이 일몰 속에서 시리도록 푸르다. 이 계단을 목줄 풀린 강아지처럼 오르내린다. 다친 다리는 욱신욱신 아프고 날은 금세 어둑해진다. 타국의 강변에서 덩그러니 남자 무서움에 덜컥 울음이 터지려 한다. 기껏 3분여 거리에 있는 숙소로 가는 길을 찾지 못해 머릿속이 하얘진 탓이다. 그때 저만치서 걸어오는 낯익은 형체가 있다. 나를 찾아 나선 안내원이다.

추억은 나이 든 자의 몫이라 해도 좋다. 추억거리를 담으려 발 동동대던 그 강변 바람의 감촉을 느낀다. 아무르강 유람선에서 보던 저물녘 도시의 윤곽도 선연하다. 하늘에서 내려다본, 푸른 들판을 배경으로 솜뭉치처럼 동동 뜬 뭉게구름은 어느 하늘에서도 보지 못한 비경이다.

바람에 씻긴 환한 얼굴로 여행에서 돌아왔다. 다친 부위 엑스레이를 찍고, 깁스도 했다. 오금에 고인 손바닥 넓이의 멍은 침으로 뽑아냈다. 여행 후유증은 여행이 끝나고도 지속한다. 피에트라 강가 둑에서 글을 쓴 필라처럼, 나는 아무르강을 회상하며 이 글을 쓴다. 가슴을 발갛게 물들인 그곳 석양이 다 사위기 전에.

부다페스트의 기억

-영화 〈글루미 선데이〉

'존엄 없이 사는 것보다, 존엄 속에 죽는 것이 낫다.' 이는 영화 〈글루미 선데이〉의 원작소설 『글루미 선데이』가 전하는 울림이다.

영화 〈글루미 선데이〉 노래는 당시 '자살을 부르는 노래'라는 오명이 붙었다. 원작자인 니크 바르코프는 이 노래를 모티브로 부다페스트에서 레스토랑을 운영하는 한 유대인과 피아니스트에 대한 소설 『우울한 일요일의 노래』를 펴냈다. 후에 독일 롤프 쉬벨 감독이 이 소설을 바탕으로 동명의 영화를 제작했다. 이 영화는 〈대부〉에 이은 가장 아름다운 영화라는 평을 듣는다.

부다페스트로 달리는 버스에서 영화를 감상했다. 오스트리아 빈의 벨베데레 궁전에서 클림트의 〈키스〉를 만난 감흥이 가라앉기도 전이다. 이런 여운으로 귀국해서도 부다페스트는 〈글루미 선데이〉의 도시로 기억된다. 부다와 페스트 사이를 흐르는 두나(다뉴브, 도나우)강과 영화에 나온 세체니 다리의 공도 크다. 여행하는 길에 어떤 사연이 엮이면 사연과 더불어 회자하게 되는 것 같다.

부다페스트를 다녀온 후 한 가지 아쉬움이 남는다. 지금도 운영한다는, 영화 〈글루미 선데이〉에 배경이 된 군델 레스토랑에 가보지 못한 거다. 사전 정보 수집을 안 한 탓이다. 부다페스트 영웅광장에 오래 지체했다. 이곳에서 걸어 십여 분 거리란다. 여행지 배경 정보를 다 알고 가지 말자는 나름의 여행관을 갖고 있다. 이유는 자칫 알아낸 정보대로만 볼 시각의 우려 때문이다. 여행은 지식을 버리는 과정이라고 하지만, 가봐야 할 곳을 놓친 아쉬움이 크다.

무대는 2차 세계대전 중인 헝가리다. 전쟁 희생자 유대인 '자보'와 그의 연인 '일로나', 작곡가이자 연주가인 '안드라스', 그를 핍박하는 연대장 '한스'의 이야기가 큰 줄기다. 나치가 점령한 부다페스트 14구역에 자리한 군델 레스토랑에서 한 여자와 두 남자의 기구한 사랑이 액자소설 형식으로 펼쳐진다. 전쟁이 끝나기 몇 달 전, 독일은 헝가리를 점령하고 부다페스트를 주둔지로 삼는다. 감정적으로 아슬아슬한 장면이 이런 헝가리 역사를 배경으로 긴장을 이어간다.

당시 헝가리엔 유대인과 비유대인이 공존한다. 독일이라는 폭력 앞에서 일상에 두려움이 깔려 있다. 그런 환경 속에서 꽃피는 사랑은 불안하고 애절하다. 아름다운 주인공 일로나를 향한 두 남자의 사랑은 집착적이다. 그러나 여자는 두 남자 중 누구도 포기할 수 없다. 시대의 격동 속에 그녀에게 욕망을 품은 독일군 대령까지 끼어든다. 어쨌든 일로나는 세 남자의 죽음에 본의 아니게 관여한다. 한 남자는 아우슈비츠에 보내졌으며, 또 한 남자는 여자를 위한 음악을 만들고 자살한다. 여자가 사랑하는 남자를 아우슈비츠 목욕탕으로 들여보내고 독일군 대령이 되어 돌아온 또 다른 남자 한스는 자신 팔순 생일에 그녀에게 복수당한다. 심장이 멎는 약에 독살당한 것이다. 아우슈비츠로 간 남자가 운영했고, 지금은 여자의 아들이 운영하는 바로 그 레스토랑에서. 어쩌면 여자가 평생을 기다려왔을 대반전은 슬픈 희열을 안긴다. 사랑하는 두 남자는 묘지에 묻혔고, 여자의 생은 황혼에 이른 결말로 볼 때 그렇다.

영화 엔딩은 어떨까. 노을이 짙게 물든 세체니 다리엔 자동차가 내달린다. 화면이 풀 샷으로 잡힐 때 멀리 보이는 부다 왕궁이 부다페스트의 일몰 풍경을 장식한다. 헤더 노바의 애절하고 청아한 〈우울한 일요일의 노래〉가 화면에 깔리고, 여자와 그 아들이 탄 승용차가 노을 속을 달려간다. 영화의 결말은 어쨌든 관객을 배신하지 않았다.

정제된 차분한 선율, 분리할 수 없는 성격 같은 우울함, 걱정거리가 있는 듯 무거운 공기, 사랑과 죽음과 전쟁이 한데 얽혀 애수 깃든, 한 며칠은 기분이 가라앉는 묘한 여운을 남기는 영화다. 주인공은 수천 명의 오디션 끝에 캐스팅했다는 헝가리 여인 에리카 마로잔이다. 이 여인이 있어 영화는 빛났다. 감상하는 동안 가슴을 짓누르던 압박감이 엔딩에서 어느 정도 해소된다. 주인공의 무상한 삶에 우울해지지만 그나마 줄곧 이어지던 긴장을 내려놓으며 안도한다.

이 영화를 여행에서 돌아와 다시 보았다. 영화의 본국에서 봤던 느낌은 일상에서도 크게 다르지 않았다. 반복되며 흐르는 선율이 영화의 몰입을 배가한다. 이는 흑백영화 〈당나귀 발타자르〉에 흐르는 슈베르트 피아노소나타 20번 A장조의 애수와 결이 닮았다. 두 영화 테마곡은 정갈하고도 고즈넉한 선율 속으로 침잠하게 한다. 헤어진 연인을 향한 미련처럼 아른아른 심연을 건드린다.

내친김에 원작도 읽었다. 소설과 영화는 이야기 전개와 등장인물 등에서 차이를 보인다. 원작을 먼저 읽건 영화를 본 후 원작을 읽건, 둘 사이의 괴리는 필연적이라는 생각이다. 아무래도 영화만 한 전율은 기대하지 않는 게 좋겠다. 원작에서는 자보와 한스 비크라는 악연이자 라이벌인 두 인물의 대화를 통해 전후 독일 사회를 비판한다. 이는 2차 세계대전의 후유증이 현대사회와 그 의식에까지 여전히 영향을 미치는 걸로 봐도 될 것 같다. 우리나라에서 세 번이나 상영되었다. 우수 짙게 깔린 노래 영향도 있지 않나 싶다.

헝가리 건국 천 년을 기념하는 그들 자부심 영웅광장도, 위대한 국회의사당도, 부다페스트에선 〈글루미 선데이〉에 묻힌다. 예술이 곧 역사다.

– 〈다뉴브강의 잔물결〉

여행에 문학작품이나 음악이 연계되면 여행하는 심도가 깊어진다. 내게 음악 창작은 문학보다 고차원 예술로 인식된다. 문장이 아닌 선율을 그리는 작업 자체가 그렇다. 문학단체에서 하는 문학기행은 대체로 문학작품 탄생지나 작가의 생가를 포함한다. 그러나 동유럽 여행 일정에는 관련 목적지가 없었다. 덕분에 모처럼 홀가분했다. 그런 중에 불쑥 〈글루미 선데이〉와 〈다뉴브강의 잔물결〉, 스메타나의 〈나의 조국〉까지 끼어들었다. 모차르트가 다녔다는 성당까지 답사했다. 총체적으로 음악 여행이라 이름 붙여도 될 만했다.

숙소는 강변에 있었다. 강이 지나는 나라에 따라 다뉴브, 도나우, 두나로 불리는 강이다. 애수 띤 왈츠풍의 〈다뉴브강의 잔물결〉 선율이며, 저 사연 많은 〈사의 찬미〉 멜로디를 찾아

머릿속이 바빴다. 이 두 노래가 닿아 있다니, 여행 전에는 몰랐던 정보다. 윤심덕이 일본에서 녹음해 놓고 귀국하는 배에서 사라졌다는 바로 그 〈사의 찬미〉는 〈다뉴브강의 잔물결〉 멜로디를 가져다 썼다. 유부남과 이루지 못한 사랑을 비관하며 부른 〈사의 찬미〉를 들었을 때 어쩐지 귀에 익다 싶더라니. 태연무심 하려던 여행에 눈이 반짝이기 시작했다.

독일에서 시작해 오스트리아, 헝가리, 발칸의 나라를 거치는 긴 여정 끝에 흑해로 흘러드는 다뉴브강. 부다페스트에서는 두나강으로 불린다. 그 강변으로 여장을 풀자마자 달려나갔다. 헝가리는 꼭 우리나라처럼 잦은 외침을 받고 건국하여 천년을 넘긴 나라다. 무려 7개국 국경을 접했다. 국경 간 소란이 잦을법하다. 그들은 반 동강 난 우리나라를 되레 애처롭게 여길지도 모르겠다. 역사는 굽이굽이 흘러가고, 역사가 새겨진 현장에 머문 시간은 나의 역사에 기록될 일이다.

그곳 파란의 역사처럼 물빛도 탁한 잿빛이다. 아름답고 푸른 도나우강 이미지와는 거리가 멀다. 석탄재나 중금속 오염으로 몸살을 앓는 중이라고 한다. 희뿌연 강물은 충충한 날씨 탓이 아니었다. '아름답고 푸른' 도나우는 노래 속에서나 추억해야 할 성싶다. 이는 비난 그 나라만 겪는 환경 문제가 아닐 터다.

부다페스트에서는 야경을 봐야 한다. 언덕인 부다와 평지

172

인 페스트 사이 강으로 유람선이 지난다. 휘황한 황금색 조명을 입은 국회의사당 찬란한 뒤로 아픈 괴기를 읽는나. 부다 왕궁과 이슈트반 대성당 같은 고전古殿의 신비함과는 다르게 웅장하다. 고난 속에 이룬 건국 천 년을 만방에 자랑하며 당당하다. 〈글루미 선데이〉의 세체니 다리에도 알전구가 조롱조롱 불 밝힌다. 이 다리를 설어서 건너봤어야 했다. 한 지역에서 며칠 느긋하게 머물며 유유자적 돌아보고 싶은 곳이 있다. 더러 아쉽게 발길 돌린 적 있는 여행지처럼 이곳도 그랬다. 이 다리 아래를 지날 때쯤 유람선에서는 귀에 익은 선율이 밤바람 타고 넘실넘실 흐른다. 갑판에 올라 〈다뉴브강의 잔물결〉 왈츠를, 〈아름답고 푸른 도나우〉를 듣는다. 삼월 꽃샘바람이 춥지 않게 휘감는 이국의 정취에 취하는 밤이다. 이런 밤에는 시간도 정지된다.

부다페스트에서도 자석 기념품을 샀다. 야경이 그 어느 곳보다 황홀했던 국회의사당 자석이다. 용처럼 꿈틀대던 구름과 잠시 지나간 빗줄기, 굼실굼실 흐르던 탁한 강물과 서늘한 강바람까지…, 자석은 사진보다 선명하게 당시의 기억을 불러낸다. 잠깐 깊은 사랑에 빠진 사이처럼, 부다페스트 후유증이 길다.

비 오는 라즈돌리노예역

이국의 작은 기차역에 부슬비가 내린다. 이 싸늘한 철길 따라 주권 없는 고려인은 맥없이 쫓겨났다. 남의 나라 철길도, 고려인과 같은 조상을 둔 나도 비에 젖고 있다. 시베리아 횡단열차 간이역인 우수리스크 라즈돌리노예역이다.

스탈린은 극동지역에 거주하던 고려인을 사막과 고원지대인 중앙아시아로 내몰았다. 그 일을 벌이기 시작한 1937년 무렵이면 해방이 감감하게 남은 때다. 일제강점기 시련이 최고조에 달한 시기다. 소련은 이때부터 연해주 일대에 터전을 잡고 살아가던 고려인을 황량한 땅으로 내몰았다. 일제가 대륙 침략을 본격화하자 한인에게 일본의 첩자라는 누명을 씌웠다. 고려인 이주 150년 역사와 함께하는 이곳, 최초로 한인을 실어 보낸 통한의 역에 왔다. 와보니 면 단위도 안 되어 보이는, 비련의 역사를 감내하기가 버거웠을 작은 시골 역이다.

빗속으로 화물열차가 서지 않고 지나간다. 역 앞 낡은 나무

의자에 의자처럼 삐걱거리는 노쇠한 한 남자가 앉아 있다. 흘러간 역사에는 관심도 없어 보인다, 우르르 내렸다 빠져나가는 여행객에게도 무표정하다. 어쩌면 홀로코스트에 비견될 강제 이주의 참상을 낱낱이 알고 있지는 않을까. 유쾌하지도 않은 기억이 증발하였거나, 일말의 양심으로 함묵하고 있을지도 모를 일이다.

조선 이주민에겐 비운의 땅인 연해주다. 시베리아 동남쪽 동해를 접한 이 지역은 한반도와 떼어놓을 수 없다. 발해의 영토가 있었으며, 항일독립운동이 가장 활발했다. 한인끼리 등 기대고 뿌리내렸던 신한촌은 당시 한인사회의 대표 거점이었다. 첫 이주지역인 지신허 마을을 시작으로 연해주로 이주해 온 한인이 십만 명이 넘었다. 살아보려 고향땅을 등지고 온 한인은 본인 의지와 상관없이 수천 킬로미터 떨어진 중앙아시아 카자흐스탄과 우즈베키스탄으로 내쫓겼다. 어쩌다가 중앙아시아에 뼈를 묻기도 했으니 그 한이 사무쳤겠다.

요즘 목숨 걸고 국경을 넘는 난민의 처지가 아니었을까. 이 난민들 탈출은 자유의지에 따른 행동이다. 고려인은 의지는 고사하고 동물처럼 학대받으며 추위와 굶주림과 병으로 죽어갔다. 그런 최악의 환경에서도 조선인은 꿋꿋하게 생을 일구었다. 검질기게 생존하는 잡초처럼, 한민족의 강인한 근성으로 황무지를 개간하고 내동댕이친 삶을 일으켜 세웠다. 이곳엔 지금도 그 후손 상당수가 살고 있다고 한다. 밟아도, 밟혀도 일어서는 고려인으로 불리며.

그동안 강점(强占)을 안긴 가해자의 나라에만 분통을 터뜨렸다. 블라디보스토크나 우수리스크, 하바롭스크 등 연해주엔 우리 한국인이 미처 생각지 못한 삶이 있다. 지난한 역사가 만든 고려인이라는 이름이 왜 이리 낯설고 애잔한지. 길어야 한 세기를 전후한 역사가 아닌가. 이민 간 사람인 듯 깡그리 잊고 산 미안함이 여행하는 내내 착잡하게 괸다.

감쪽같이 사라진 그리운 영토 발해 성터는 광활하다. 그 넓은 벌판에 세찬 바람만 분다. 남의 나라가 된 드넓은 벌판에서 손바닥만 한 내 나라를 떠올린다. 꿈에서도 되돌릴 수 없는 남의 땅에서 원통하다.

연해주에 와보니 기억해야 할 항일운동 대부가 따로 있다. 최재형이라는 사람이다. 그는 선원 생활을 성실히 한 덕에 러시아인 선장 집에 양자로 들어갔다. 이런 배경으로 막대한 독립운동 자금을 후원할 수 있었다. 안중근 의사가 처형된 후에는 안 의사의 남은 식구를 보살폈다. 안 의사가 거사를 앞두고 하얼빈으로 떠나기 전까지 최재형 집에 머물며 실전을 준비했다고 한다. 사람은 역사의 갈피 속에 묻히고, 그가 살았던 집은 남의 나라에서 적막하기 짝이 없다. 최재형의 집이라는, 옛 공산국가에서 보는 한글 몇 자가 당시 힘겨웠을 독립운

176

동 여건을 실감 나게 한다. 이런 그의 존재는 한인들에게 구세주나 다름없었을 것이다. 안중근에 가려진 최재형이란 존재는 위대했다. 우수리스크 방문은 이 사실을 안 것으로 충분히 보람 있다.

철의 장막이니 하던 나라, 그 지역 극동인 연해주는 근현대 문학사에서도 자주 접한 지명이다. 무섭기만 했던 옛 소련의 땅을 밟을 때의 상기됨은 날이 갈수록 숙연해졌다. 독립운동이며 발해, 고려인이니 하는 말에 담긴 한인 역사가 구슬프다.

중앙아시아로 내몰렸던 고려인이 연해주로 재이주해 온다고 한다. 그들 방랑의 삶은 아직 끝나지 않았다. 그들 조국에 대한 정체성은 언제까지 흔들려야 할지. 분명한 건 이들이 한국인이면서도 한국인이 아닌 고려인이라 불린다는 사실이다. 그래도 그 2, 3세들은 부모의 나라에 가고 싶어 하며, 국제적으로 발돋움하는 조국을 자랑스러워한다는 거다. 그런 조국이 이주한인의 후대를 잊어서는 안 될 것 같다.

비 젖는 라즈돌리노예역을 떠날 때 다들 침묵하여 말이 없다.

모화毛火

늦은 밤 기차표를 예매한다. 목적지는 폐역이 된 모화역이다. 사진 속 서생역이 불현듯 모화역으로 마음을 이끈 때문이다. 철도 사진공모전 수상작을 보던 중이다. 이런 여행 사진은 여행을 부추기는 측면이 다분히 있다. 눈 덮인 골짝을 지나거나 단풍으로 물든 산야를 달리거나, 물안개 속을 달리는 기차를 보노라면 가슴이 쿵쿵 뛴다. 막 출발하는 기차 바퀴처럼 덜컹덜컹 마음을 흔들어 놓는다.

실은 모화에는 한 추억이 깃들었다. 경주시 외동읍 모화, 소설 〈무녀도〉의 주인공 무당 모화, 이곳 어디쯤을 지나다 '같이 죽을까?'라고 한 어떤 사람이 엮여 회상된다. 눈 덮인 한적한 시골 모화 어디쯤은 고즈넉했다. 드문드문 자리 잡은 민가와 빈 들녘, 그 사이를 달리던 풍경에 느닷없이 죽자고. 그 깊은 겨울 이후 모화는 늘 겨울 풍경으로 기억된다.

동해남부선 기차에서 〈무녀도〉를 읽는다. 현대문학 전집에서 페이지를 오려내어 가방에 넣어 왔다. 반을 뚝 쪼개어 들고 다니며 읽었던 『월든』처럼, 부피가 얇아 들고 다니는 부담도 던다. 학생 때 읽고 이후 몇 번을 더 읽었지만, 모화 가는 길에 옛 기억을 더듬듯 문장을 읽는다. 소설 속 모화가 살았던 마을은 성건동 일대다. 옛날 이곳에는 꼬불꼬불한 골목에 점집이 빼곡히 들어서 있었다고 한다. 한 집 건너 무당이 살아 무당촌이라 불렸던 이 마을 어디쯤에서 동리 선생은 나고 자랐다. '이 마을 한구석에 모화毛火라는 무당이 살고 있었다. 모화서 들어온 사람이라 하여 모화라 부르는 것이었다.'라는 소설 문장처럼, 무당 모화는 지금 내가 가고 있는 모화에서 들어왔다는 것이다. 실제 소설 무대인 성건동과 모화리, 모화가 스스로 빠졌다는 수심 깊은 예기소가 고만한 거리로 떨어져 있다.

차창 밖으로 도시도 아니고 농촌도 아닌 소도시의 무미한 풍경이 스친다. 터널도 종종 지난다. 책 읽는 데는 터널이 최악의 요소다. 눈의 피로도가 높다. 기차가 어디쯤을 달리는지도 모르다가 호계역임을 알리는 방송을 듣고서야 후다닥 일어난다. 호계에서 내려 시내버스로 모화역에 갈 생각이다. 그곳에서 유명하다는 독일 빵집을 지나 버스정류장에서 모화가 종점인 버스를 탄다. 타고 내리는 사람이 두서넛이다. 차창 밖 풍경에 '모화'라는 지명이 들어간 간판이 띄엄띄엄 눈에 들어온다. 설렘이 가라앉기도 전에 버스는 곧 종점에 닿는다.

종점까지 간 사람은 나 혼자다. 길 건너 기와집 모양 버스승강장이 첫눈에 든다. 돋움체로 쓴 모화라는 글자가 고향 동무처럼 반갑다. 그 옆 약간 오르막에 낯익은 이 층 양옥 건물이 보이고 건물 벽에 부동산, 땅, 크레인 같은 광고가 빼곡하게 붙었다. 사진에서 익히 본 폐역 된 모화역 건물이다. 역 건물은 일반인에게 분양하고, 철로 쪽으로 붙은 역 간판도 공사에서 떼어갔다는 말을 부동산사무실에서 듣는다. 인터넷으로 보긴 했지만 기차 간이역의 정경은 정녕 아니다. '모화'라는, 사연 있을 법한 이름이 서글프게 삭막하다. 쳐놓은 철망 사이로 보이는 철길엔 바람만 횡하다.

폐역이 된 이 역엔 기차가 서지 않는다. 승객을 태우고 내리는 일을 그만둔 지 꽤 되었다. 동해선과 동해남부선, 경부선, 중앙선, 영동선 기차도 서지 않고 쌩하니 가버린다. 역 주변 너른 들에 오막조막 자리 잡은 모화마을은, 일제강점기 때 철로가 나면서 아래위로 두 동강 나버렸다. 두 마을 사이 통로는 철로 밑 개구멍 같은 굴다리였다. 기차가 서고, 사람이 내리고 타던 그때가 좋았을 것 같다.

동리 선생은 왜 이곳에서 모화를 데리고 갔을까. 작가가 주인공 무녀의 이름을 짓지 못해 고심할 때, 어릴 적 고향에서 들은 이야기가 떠올랐다. 옛날엔 불국사 산문에 아무나 들어설 수 없었다. 승려로 출가하려면 이곳 모화에서 머리를 먼저

깎고, 다음 마을인 입실에서 불국사로 들기 위해 마음을 닦으며 기다렸다는 말이다. 그런 연유로 마을 이름이 모화毛火가 되었다는 이야기였다. 머리를 태운다는 뜻을 지녔다. 소설 속 모화는, 머리를 불사르고 속세를 떠나 피안의 세계로 나간다는 뜻을 품었다는 게 동리 선생의 해석이다. 이 모화로 무녀 이름을 정하고는 소설이 쉬 써졌다고 한다.

자료에 보더라도 지명 모화의 유래는 비슷하다. 당시 신라는 불교 전성기였다. 불가에 귀의하려는 사람이 모화군 성문에 이르러 삭발하여 그 머리털을 태우고 불국사 경내에 들어갔다는 그것이다.

무녀 모화를 탄생시킨 모화에서 바람 따라 갈 데 없이 서성댄다. 70여 해 주민과 애환을 함께했던 모화역도 시류 따라 역사의 뒤꼍으로 들어앉았다. 굴다리를 지나 모화성당과 모화1리 노인정이 있는 모화마을 골목길을 걸어본다. 눈 이불을 덮고 고요하던 옛 정취는 간데없다. 새로 지은 주택들 사이사이로 옛것인 듯싶은 돌담만 걸음을 붙든다. 민가도 없던 아늑한 골짝 모화는 어디쯤이었을까. 아파트며 신축 건물들이 외지손님처럼 들어선 모화 어디쯤에서 해묵은 추억을 더듬고 있다.

푸른 푸껫을 만끽하다

유월 초 푸껫은 푸르다. 덥다. 훅 끼치는 열기가 이질적이다. 그러나 이곳을 여행하다 보면 어느새 뜨거운 태양과 다습한 바람, 짙은 녹음에 익숙해진다. 초하初夏의 푸껫엔 기온이 30도를 훨씬 웃돈다. 다행스럽게도 날마다 소나기가 훑고 지나 더위를 식혀주었다. 동남아시아를 떠올릴 때 첫 느낌은 덥다는 거다. 태국과 태국을 둘러싼 캄보디아, 라오스, 미얀마, 말레이시아 등 동남아라 불리는 나라가 대체로 그렇게 다가온다. 날씨에 적응해 사는 지혜인지 방식인지 우리처럼 서두르는 사람도 없다. 그곳에서 체험한 집라인과 보트투어, 마사지와 음식 등 푸껫 사색四色과 그 에피소드를 펼친다.

하나. 밀림 레포츠 '집라인'

푸껫 외곽 자연림 속에 위치한 하누만월드Hanuman World에 들어서자 풀냄새가 짙다. 집라인zipline을 할 장소다. 우람한 나무에 플랫폼을 만들고 각 플랫폼 사이를 연결한 줄을 타고 이동하기, 자일 타고 내려가기, 공중 다리를 건너거나 흔들다리를 이동하며 모험과 자연을 즐기는 레포츠다. 숲 냄새에 쌓여 밀림을 나는 짜릿함이 덤으로 따른다.

플랫폼 사이를 연결한 거리는 몇십 미터에서 이백여 미터까지 다양하다. 타잔처럼 밀림을 날다 보면 공포감은 사라지고 새처럼 숲을 나는 쾌감을 맛본다. 고공의 공포에 목이 쉬도록 내지르던 비명도 잦아든다. 평행이동뿐 아니라 수직 강하도 끼어 있다. 수직 난간을 바들바들 떨며 오른다. 그 최고조는 슈퍼맨 자세로 날기다. 안전 고리를 가슴에 연결하지 않고 등에다 걸고 엎드린 자세를 취하면 안전요원이 뒤에서 잡고 함께 날아가는 자세다. 마치 큰 독수리가 나는 모양으로 하늘을 날 때 두 팔을 날갯짓하며 전율한다. 내지른 비명 탓에 목이 칼칼해온다.

뭐니 해도 이곳 집라인 매력은 무성한 숲에서 받는 힐링이다. 우리나라에서 본 적 없고 볼 수도 없는, 어마어마한 덩치의 열대 나무 사이를 날며 원시로 돌아간다. 두어 시간 숲을 날면 표정에 생기가 돈다. 매연과 공해 없이 쾌적한, 세상 안락한 에덴동산이다.

둘. 우아하게 놀면 되는 '럭셔리 보트투어'

푸껫에서는 보트 투어를 빼놓을 수 없다. 푸껫 부속 섬인 랑야이 섬으로 가기 위해 요트계류장으로 이동한다. 해안엔 수십 척의 보트가 깃대를 세우고 빼곡히 정박해 있다. 우리가 탄 배는 'Hype 럭셔리 보트클럽'이다. 신발과 양말까지 벗어두고 맨발로 보트에 오른다. 갇혀 있던 발이 밝은 햇살 아래에서 수줍다. 몸이 가볍다. 한 시간여 열대바다를 항해한 보트는 야자수 우거진 랑야이 섬 주변에 닿는다. 다시 구명보트로 갈아타 한적한 섬 랑야이 모래를 밟는다.

맨발로 내린 작은 섬은 모래사장이 테두리처럼 둘러쌌다. 열대수가 휘영청 늘어진 평화로운 섬에서 하룻밤을 묵고 해 뜨는 풍경을 보고 싶단 생각이 든다. 발가락 사이로 비집고 들어오는 모래알갱이가 설탕처럼 보드랍다. 해안 비치 의자엔 비키니 차림의 휴양객이 세상 편한 자세로 여름 땡볕을 쬐고 있다. 자동차도 없는 이 작은 섬에서는 해변을 맨발로 걷거나 수영을 하거나, 그저 쉬기만 하면 된다. 모든 게 평화롭다. 동산 같은 이 조그만 섬에서 땅콩만 한 돌멩이 두 개를 주머니에 챙겨 넣었다. 잠깐 머무는 아쉬움에 뭐라도 증표로 간직하고 싶었다.

다시 푸껫으로 돌아가는 보트에서는 그냥 놀면 된다. 갑판에 펴놓은 큰 공기쿠션에서 뒹굴다가 음료며 핑거 푸드, 잔 둘레에 소금 바른 럼주도 마신다. 2층 갑판에 올라 가슴으로 바람을 쐬어도 좋다. 돌아가는 요트는 내내 일몰을 마주하고 달린다. 여행 기분에 흥겹던 다국적 사람들이 약속이라도 한 듯 차분해지고 서쪽하늘을 향한다. 하루의 마감은 국적에 관계없이 비슷한 감상에 젖게 하는 것 같다. 나도 카메라를 잠시 내려놓고 석양을 감상한다. 어둑해진 바다에서 사람들 실루엣이 점점 또렷해질 즈음 요트는 계류장에 닿는다. 벗어둔 신발을 신고 도시로 갈 준비를 한다.

푸껫에서는 보트투어를 할 것. 섬에 속한 더 작은 섬에 내려 발가락 간질이는 모래사장을 걸어볼 것.

셋. 진수를 맛본 '마사지'

푸껫 거리에는 마사지 가게가 흔하다. 더운 나라에는 마사지가 왜 성업하는지 모르겠다. 머무는 동안 각기 다른 마사지를 여러 번 받았다. 가장 기본인 발 마사지부터 정통 타이식이라는 전신 오일 마사지까지. 쓰지 않는 근육까지 마사지로 풀어주니 그 나른한 시원함에 마사지를 받나 보다.

아로마 오일 마사지는 단연 으뜸이다. 아늑하고 고급 휴양시설 같은 '오아시스 스파'에서 유니폼을 입은 젊은 여성들이 나긋나긋 안내한다. 원하는 마사지 강도까지 설문지에 적는다. 설문지도 나라별 언어로 준비돼 있다. 이들로부터 오일 마사지를 받으며 황홀경에 빠져들었다. 비몽사몽 홀린 듯 잠에 들어버렸다. 동행한 이는 고품격 마사지 감각을 느끼려고 부러 정신 차리고 있었단다. 두 시간 몸을 맡긴 느낌은 격 있는 접대를 받은 기분이랄까. 서비스와 세금 포함해 17만 원가량이면 적지 않은 비용이긴 하다. 그러나 그곳에 가면 그곳의 진수를 한번 맛보는 것도 나쁘지 않을 것이다.

방콕 공항 타이항공 로열실크라운지에는 마사지 공간이 갖춰져 있다. 고객 서비스 차원이다. 이곳에서 여행 중 마지막 발마사지를 20분여 받았다. 팸 투어로 비즈니스석을 이용한 덕분에 호사를 누렸다. 여행작가와 취재기자로 활동한 덕을 톡톡히 봤다.

넷. 자꾸 당기는 맛, 타이 음식

씨푸드 전문점 사보이 레스토랑에서 먹은 생새우 샐러드, 바짝 구운 생선구이, 파파야샐러드 쏨땀, 식사 때마다 먹게 되는 초록 나물볶음 모닝글로리, 카레향이 밴 게 요리 푸팟퐁거리, 전통 수프 똠얌꿍….

통카 카페에서 먹은 입맛에 딱 맞는 오징어 튀김, 커피와 차를 섞은 환상의 혼합냉차…. 수박 주스, 망고 주스, 태국 맥주

싱하·창·니오, 관광객보다 현지인이 더 많이 찾는 팡남 레스토랑에서 맛본 코코넛 주스, 김치찌개를 연상하는 깽솜, 센트럴 백화점 MK 레스토랑에서 숨 가쁘게 먹은 수끼…. 숙소 환영 과일바구니에 든 파파야, 새끼 바나나, 녹색 귤, 울퉁불퉁 뿔 난 용과, 냄새는 구려도 맛은 고소한 두리안, 보트에서 마신 카테일, 소금 바른 럼주까지.

매운맛이 강렬한 타이 음식에 빠졌다. 푸껫에서 끼니마다 일고여덟 음식을 먹고 나니 그곳 음식을 두루 섭렵한 감이다. 여행지에 가면 음식점에서 음식만 먹는 게 아니다. 주변 경관이며 식당 분위기까지 머릿속에 입력한다. 카페 창밖은 푸른 숲이 우거지고, 아기자기하게 꾸민 실내가 딱 여성 취향인 퉁카 카페, 그곳에서 먹었던 발그스름한 수박 주스가 먹고 싶다.

푸껫은 음식에 대한 인상이 각별하다. 안내차 동행한 관광청 직원이 살뜰히 챙겨준 덕분이다.

-그리고

푸껫이 거느린 많은 해안 중 여행객이 많이 찾는 빠통 해안가 리조트에서 3일 밤을 잤다. 문을 들어서니 과일바구니며 깜찍한 코끼리 모양의 타월, 꽃이 핀 난 화분, 깨끗한 침대며 깔끔한 욕실에 기분이 환해졌다. 자고 일어나 하얀 커튼을 열고 테라스에 나가면 윤슬로 반짝이던 풀장, 빠통 해안을 바라보며 먹던 아침식사, 그 앞 풀장에서 물장구치다 웃던 외국 아이들, 숙소를 푸르게 덮은 열대식물….

글 쓰고 사진 정리하니 다시 여행하는 기분이다. 함께한 사람도 함께한 시간도 폴폴 살아난다. 여행은 시들한 일상에 활기와 의욕을 충전시키는 촉매제 역할을 한다. 내 여건이 좀 부족하더라도 수긍하게 하며 행복지수를 상승시킨다. 시간이 지나면 또 슬슬 떠나고 싶어지는 여행은 다분히 중독성이 있다. 다녀본 사람이 더 가고 싶어 하는 걸 봐도 그렇다. 스펀지에 물이 스미듯 내게 스미고 동화되는 그런 성질이 아닌가 싶다. 다시 간다면 하지 못한 그 무엇을 꼭 하리라는 다짐도 한다. 또 간다면 숙소 앞 풀장에서 더 노닐고 싶다. 여행 후엔 아쉬움 한 자락이 꼭 남는다.

5부

결
핍
을
읽
다

방랑은 통로다

- 레몽 드파르동의 『방랑』

『방랑』, 아직 먹어보지 않은 음식처럼 호기심에 포장돼 다가온다. 가끔 일상이라는 틀을 벗어나 목적지 없이 돌아다니고 싶을 때가 있다. 이도 방랑의 성질일까. 이 방랑은 자유분방한 성향을 가진 보헤미안과는 좀 다른 성격이다. 기간을 두고 행하는, 끝내고 싶을 때 원 상태로 복귀가 가능한 그런 성질이 아닌가 한다. 휴가처럼 맘먹으면 할 수 있을 이 일이 누구나 쉬 실행하지 못하는 떠남이기는 하다.

레몽 드파르동이 쓴 『방랑』은 의도한 방랑이다. 카메라에 방랑이라는 주제를 어떻게 담아낼지, 그 막막한 작업을 염두에 두고 여행한 이야기다. 한데, 방랑이란 말이 꽤 낭만적으로 다가온다. 따라 해보고 싶은 충동을 일으킨다. 사진작가인 저자가 그동안 으스대며 해온 다큐멘터리나 보도사진 같은 프레이밍과 순간포착과는 완전히 반대되는 개념이다. 가장 평범한 일상에서 담아낸 느리고 헐렁한 그런 방랑….

방랑이란 주제로 글을 쓰라 하면 어떻게 가닥을 잡을 것인가. 이런 막연함과 같은 맥락이지 싶다. 눈에 보이는 대상일 수도 있겠고, 어떤 공간이나 어느 시점, 또는 어느 지역의 한 구석일 수도 있겠다. 사람이 포함된 프레이밍일 수도, 그냥 텅 빈 거리일 수도 있을 것이다. 거리 어딘가의 풍경이 포착됐다는 건, 카메라 앵글 뒤에 누군가 있다는 뜻일 터. 그 결과물이 방랑의 산물이 아닌가 싶다.

『방랑』은 전 세계 전장을 누볐던 전설적 종군사진기자였던 작가가, 그의 삶 완숙기에 들려주는 사진과 인생 이야기다. 독립운동 중인 반군 지도자들, 엘리자베스 여왕, 닉슨, 만델라 등을 촬영한 인물사진가이기도 하다. 그가 과제로 받은 방랑을 어떻게 포착했을까. 그는 이 어려운 주제를 두고 두 가지 실수를 했다. 사막으로 떠났던 일과 뉴욕에 갔던 게 그것이다. 너무 잘 아는 아프리카는 방랑과 무관했다. 뉴욕도 너무나 익숙한 도시였기에 방랑과는 어울리지 않았다. 결국, 방랑이란 작심하고 돌아다닌다고 될 일이 아님을 방랑한 후에 알게 된다. 방랑은 산책도 아니었으며, 목적을 둔 결과물을 내놓아야 하는 작업의 일환이었다. 즉 자신이 원한 방랑이 아니라 요구에 의한 공적 방랑이었던 거다.

이 막막한 주제를 두고 드디어 가닥을 정한다. 선명하게 찍으리라. 수직 구도가 좋겠다. 지평선 위아래가 거의 같은 크기면 좋겠다. 하늘과 땅이 가득하고 내 위치를 분명히 하고, 내가 어디 서 있었는지 확실히 드러나도록. 잡지 두 페이지로 펼쳐지는 사진도 피하자. 낭만주의 그림처럼 폭이 넓은 것도 피하자. 빛과 우연에 맞서고, 고정관념을 깨고…. 그가 찍은 '방랑'이란 주제의 결과물은 다 이런 각본을 기초로 탄생했다는 점이다. 앵글을 잡기 전에 충분히 고민하며 장차 할 일에 대해 밑그림을 그렸다.

프로사진가인 그의 기본 직업정신을 내게 접목한다. 두 페이지로 펼쳐지는 사진만을 선호하지 말자. 사실 지금껏 그래 왔다. 수직 구도를 종종 활용하자. 이 구도로 썩 만족할 결과물을 얻지 못했다. 다 실력 부족이었을 것이다. 하늘과 땅이 화면에 가득하고, 내가 서 있는 위치도 확실히 드러내 보자. 이런 각도를 진득하게 찾지 않았다. 책을 읽고 나서 사진에 관심 가진 사람으로 한 다짐이다.

방랑의 라틴어 어원은 이테라르^{iterar}다. '여행하다, 곧장 제 길을 가다.'라는 뜻을 가졌다. 이를 보더라도 방랑은 인간이면 겪거나 행할 수 있는 극히 정상적인 행위가 아닌가 싶어진다. 일상을 이탈하는 데 대해 의아한 시선으로 볼 것까지 없다는 뜻이다.

의도한 방랑자의 눈에 담긴 세계는 어떨까. 그가 택한 세로 사진에는 공통점이 있다. 대부분 길과 하늘이 포함됐다는 점이다. 본인이 의도한 결과다. 도심이건 사막이건 시골이건, 모두 길이 있고 하늘이 시원하게 담겼다. 길과 하늘은 살아가는 나날에 꼭 있어야 하는 요소다. 사람도 빠지지 않는다. 우리가 살아가는 모습이기도 하다. 간결함 속에서 그가 의도한 바가 충분히 읽힌다. 그동안 내가 고집해온 잡지 두 페이지로 실을 정도의 시원한 구도는 구태의연한 규격이 아닐 수 없다.

그가 담은 방랑 속에 돋보이는 건 단연 구름이다. 밋밋한 구름이란 없다. 우리의 삶이 그렇듯 먹장구름과 뭉게구름이 시시로 바뀌어 등장한다. 도심의 엉킨 전선, 전봇대, 지워진 보도블록의 차선, 파인 웅덩이, 건물이 만든 그림자, 울퉁불퉁한 도로 위로 하늘이 펼쳐지고 그 하늘엔 구름이 떠 있다. 마치 대지를 굽어보며 호령하듯 꿈틀대다가 한들한들 바람을 타고 놀듯 가볍다가. 그 구름 아래를 홀로 걸어가는 남자가 있다. 이보다 더 선연하게 방랑을 드러낼 수 있을까.

무엇을 바라보려면 고독하라고 말한다. 도로가 쭉 뻗었을 뿐인 빈 화면 뒤로 앵글을 잡은 작가의 고독한 시선이 느껴진다. 이 정도 공감이면 독자로서 자격이 있다며 뿌듯하다. 높은 건물 사이 그늘진 길을 걸어가는 사람, 코트 주머니에 손을 넣고 좁은 골목을 걸어가는 남자. 걸어가는 남자도, 그 뒤를 따르는 시선도 고독하다. 누군가를 바라보고 뒤따르는 사람은 고독하다. 등을 보이고 가는 그는 뒤돌아보고 손 흔들지 않을 것이며, 나만의 일방적인 바라봄으로 끝날 것이기 때문이다. 누군가를 홀로 맘에 품듯.

사실 사진을 찍는 결정적 순간은 없으며, 일상이 순간이라는 진실을 깨친다. 우리가 사는 매 찰나가 결정적 순간이 아니랴. 내 인생이 담긴 시간에 헛한 시간이란 없을 것이매. 허투루 지나가는 시간 또한 없을 것이며. 만약 이를 이해할 수 없으면 하루를 시간 단위로 쪼개어 사진을 찍어보자. 그 사진에 담기는 한 장면마다 무의미한 순간은 없다. 순간이 모여 시간이 되고, 시간이 더해져 한 사람의 생이 될 것이기에.

방랑은 곧 통로이며 이는 우리의 삶과 비슷하다. 헤매는 중에 찾던 해법이 반짝 떠오를 수도 있을 것이다. 살아가며 만나고, 헤어지고, 부딪히고, 맞닥뜨리며 걸어가는 길이 방랑이 아닐까. 저 혼자 하는 행위이며, 침묵하며 세상 체험에 몰두하는 일. 움직이지 않는 방랑이란 없을 터, 방에 틀어박혀 무슨 방랑을 하겠는가. 출구를 찾아 나설 일이다.

방랑이 생의 어떤 통로가 되어준다고 볼 때 여행도 동질성을 가진다고 본다. 여행해서 고독한 게 아니라 고독할 때 여행하고 싶어지는 걸 보면 그렇다. 여행이 방랑의 한 부류인 건 분명해 보인다. 방랑과 여행은 상통하는 면이 있다. 내게 『방랑』은 그렇게 다가온다.

궁핍한 날의 벗

-박제가의 「송백영숙기린협서」

"천하에서 가장 친밀한 벗으로는 곤궁할 때 사귄 벗을 말하고, 우정의 깊이를 가장 잘 말한 것으로는 가난을 상의한 일을 꼽는다."

이는 박제가의 글 「궁핍한 날의 벗」 서두다. 「송백영숙기린협서送白永叔基麟峽序」는 집안 식구를 데리고 기린협으로 떠나는 벗에게 박제가가 쓴 진심 어린 걱정이 담긴 편지다. 이 첫 문장과 함께 어찌 궁핍한 날의 벗에 불과하겠냐는 끝 문장이 편지의 요지다.

박제가는 백영숙보다 일곱 살이 아래로 30여 해를 교유했다. 그들 우정에는 서얼 출신이라는 불운과 궁핍하고 옹색한 날을 함께한 동병상련의 마음이 깔려 있다. 하여 세상에서 가장 지극한 벗은 가난할 때 사귄 벗이라고 말한다. 이는 서로 처한 상황이 비슷하니 겉모습이나 행적을 돌아다볼 필요가 없고, 가난이 주는 고통스러운 상황을 서로 잘 알고 있기 때문이라고.

과연 나의 비천함을 마음의 거리를 재지 않고 털어놓고 싶은 벗이 있을까. 그만큼 마음 맞는 친구를 얻기란 쉽지 않아 보인다. 남에게 부탁하거나 들어주어야 할 일 중 가장 꺼리는 대상이 재물이라 하지 않던가. 위의 글을 몇 번이고 꾹꾹 눌러 읽을 때 생각 속으로 곧장 한 사람이 떠오른다. 나의 곤궁한 시절을 지켜본 벗이다. 물론, 그런 시기를 벗어나서도 주춧돌처럼 깔린 우정이 흔들리거나 한 적은 없다.

남편이 명의를 빌려주어 만든 사업체가 넘어가며 궁지에 몰린 적이 있다. 정확히 말하자면 억울하게 독박을 쓴 거였다. 형제 간이라 소송도 하지 못했다. 집안 장남으로서의 형제애가 자초한 일이었다. 어이없게도 가장을 불시에 법에 압류당했다. 잘 다니던 직장을 뛰쳐나오자 닥친 건 역경이요 난간難艱이었다. 이런 내막을 안 벗이 어느 날 쌀 한 포대를 들고 불쑥 대문을 들어섰다.

"궁색하고 가난한 내 처지, 힘든 줄 아는 자 하나도 없네." 라는 어느 시구처럼, 간구하게 살아가는 현실은 내게 닥친 일이다. 내가 감당해야 할 몫일 뿐이다. 진심으로 자신 일처럼 발 벗고 도와주는 이가 없다는 뜻일 거다. 밥이야 굶지 않았지만 쌀 한 포대의 성의는 값으로 매길 성질이 아니었다. 쌀이라는 양식이 주는 든든함과 위로감은 다른 무엇보다 컸다. 그 일은 평생 잊히지 않겠지만 잊어서도 안 될 일이다. 가마득히 잊고 살다가도 문득 떠오르면 고마움이 송골송골 마음에 맺힌다.

제목 속 백영숙은 간서치看書痴라 손가락질받은 이덕무의 처남이다. 일찍부터 세상에 이름이 알려졌다. 위로는 정승, 판서, 목사, 관찰사가 그의 벗이고 현인과 명사 또한 그를 인정하였다. 그 밖에 친척이나 마을 사람들, 주먹을 뽐내는 부류와 서화, 인장, 바둑, 의술, 지리의 무리부터 시정의 농부, 어부, 푸줏간 주인과 장사치 같은 천인에 이르기까지 도타운 정을 나누었다. 각각의 상대에 따라 극진히 대우하여 환심을 얻었다. 이렇게 많은 사람이 그 주변에 있으니 마음 트고 놀아볼 뜻에 맞는 친구 하나쯤 없었을까. 하나 영숙은 때때로 박제가의 문만 두드렸다. 이유인즉 달리 갈 곳이 없어서라고 하였다. 두루 폭넓게 사귀었으되 사귄 정도는 각각 그만그만하였던 모양이다. 아니면 자신 처지를 돌아보고 부류와 섞이기를 일찌감치 접었을 수도 있겠다. 이런 이야기는 비단 지난 글 속 얘기만은 아닌 것 같다.

늘 허겁지겁 산다고 여겨질 때 느긋한 시간을 보내고 싶어진다. 맘 맞는 벗과 해후상봉하여 별것도 아닌 말꼬리나 잡으며 수다 떨고 싶다. 굳이 고급진 장소가 아니면 어떠랴. 주인은 그림자처럼 제자리에 앉아있고, 객끼리 시간 가는 줄 모르고 놀아도 좋은 곳에서 아메리카노 커피 한 잔이면 족하겠다. 문득 이러고 싶을 때면 불러낼 벗이 있나 하고 휴대폰을 뒤적인다.

이럴 때 딱 이 사람이라고 확신이 생기는 대상이 있으면 좋겠다. 풍요 속의 빈곤이랄까. 나의 요청에 기꺼이 시간을 내어 들썩이는 심사를 맞들어줄 대상은 쉬 다가오지 않는다. 그럼에도 저장되는 번호는 늘어난다. 관계가 종료된 전화번호를 가끔 정리함에도 그렇다. 이는 교유의 깊이보다는 사회생활에서 관계 생성이 일어나기 때문일 거다. 전화기 주소록에 뜨는 많은 번호에서 진정한 내 편 찾기를 포기한다. 18세기를 산 백영숙이나 21세기를 사는 내 처지가 크게 다르지 않은 것 같다.

가난한 사정까지 들여다보던 벗이 식솔을 데리고 기린협으로 들어간다고 한다. 그곳은 지금의 인제로 '험준하기가 동해 부근에서 제일이고, 수백 리나 되는 땅이 모두 산봉우리와 깊은 골짜기라 나뭇가지를 부여잡고서야 들어갈 수 있으며 소식은 겨우 일 년에 한 번 서울에 이를 것이며 밤이 되면 외로운 산새, 슬픈 짐승이 울부짖어 그 소리가 골짜기에 울려 퍼진다.'는 곳이다. 허물없이 사귀어온 영숙이 장차 겪을 역경에 그를 보내는 박제가의 마음도 못내 무겁기만 하다. 남자로 태어나 세상의 공명을 좇지 않고 산속으로 들어가는 좌절이 내 일인 양 깊이 슬픈 것이다.

열 살 차이로 30년 가까이 내 처지를 지켜본 벗도 아마 같은 마음이지 않았을까. 당시 내가 처한 환경도 벗이 보기에 마냥 남의 일 같지는 않았으리. 그렇다고 쌀 포대를 들고 찾아올 생각을 어찌했단 말인지. 나로서는 도무지 흉내 내지 못할 일이다. 요즘 각자 현실에 매여 벗과의 만남이 뜸해졌다.

"영숙과 제 사이가 어찌 궁핍한 날의 벗에 불과하겠습니까?"라는 끝 문장이 내 속내를 대신한다. 나와 벗 사이가 어찌 궁핍한 날의 벗에 불과하겠는가.

눈에도 굳은살 박인다

-수전 손택의 『타인의 고통』

타인의 고통이 전이될까. 남의 고통이라는 말은 구태의연한 구경자의 관점을 부각한다. 수전 손택의 『타인의 고통』은 제목에서부터 타자의 고통에 무관심한 보이지 않는 다수를 고발한다. 책 읽는 속도가 더디다. 공포영화를 뛰어넘는 끔찍한 사진도 봐야 하고, 소름 돋는 사진을 되짚으며 상황을 확인하는 행위를 반복하는 결과다.

요약하자면 이 책은 플라톤에서 울프까지의 작가들, 펜턴에서 월게 이르는 사진작가들, 스페인 내전에서 최근의 이라크 전쟁에 이르는 전쟁, 그 밖에 여러 회화, 영화와 일화를 통해 전쟁과 재앙을 재현한 이미지의 역사다. 이미지를 통해서 본 재현된 현실과 실제 현실의 참담함 사이엔 얼마나 먼 거리가 있는가를 보여준다. 글을 읽기에 앞서 시선이 가는 곳은 사진이다. 글을 읽는 건 사진을 본 다음이다. 차츰 심기가 불편해진다. 가슴이 짓눌리는 압박감도 동반한다. 고통이 생생하게 전달되는 현장사진에서 진실을 확인하는 부담감을 떠안는다. 현실을 대하는 정확한 인식을 위해서라면 이만한 불편은 감수할 일이다.

전쟁의 상흔과 후유증 같은, 타인의 고통을 날마다 접하며 거기에 무방비로 노출된 구경꾼 입장을 실감한다. 책에서 보여주는 고통은 단순한 고통이 아닐 것임을 암시하며, 구체적이고 생생한 역사 속 사진만으로도 공포감이 엄습한다. 당시 현장에 있었을 당사자에게 고통이란 끝나지 않는 현재진행형일 대사건이다. 그런데도 대다수 우리는 타인의 고통에 둔감해져 살아간다. 주변에서 일어나는 수많은 사고와 사건 속 주인공을 접하며 자신도 그 고통의 주인공이 될 수 있다는 데 치를 떤다. 멀고 가까운 데서 일어나는 별별 고통을 겪는 주인공은 늘 타인이다. 자신이 아니기에 곧 잊힐 일이 되고 만다.

내가 아닌 타인이 겪거나 당하는 고통을 접하는 횟수가 잦으면, 대하는 눈에도 굳은살이 박일 듯싶다. 괴로움을 받아들이는 뇌가 스스로 견디려 내성 반응을 일으킨 결과 고통에 둔감하게 되는 건 아닐까. 내가 당하지 않은 고통과 내가 겪지 않아도 되는 슬픔은 내게는 지나가는 감정이다. 고통에 직면한 당사자의 몫일 뿐, 그 고통은 분담할 성질이 아닌 것이다.

가까운 이의 교통사고를 겪은 적 있다. 당사자가 겪는 심적고통은 바라보는 이가 짐작하는 수위를 넘어선다. 위로의 말마저도 힘이 되지 않고 겉으로 맴돈다. 똑같은 상황에 부닥쳐 보지 않고서는 당사자를 이해한다고 말해서도 안 된다는 걸 그때 알았다. 스스로 극복해 나가는 길만이 치유를 위한 최선일 수밖에 없다. 타인의 사건, 사고는 이렇게 내 가슴에 통증을 유발하지 않고 차츰 증발된다. 내 양심이 미안하고 죄책감이 들지만 어쩔 수 없이 방관자가 될 수밖에 없다. 당사자가 안고 가야 할 몫으로 남는다.

어느 공화군 병사의 죽음이나 처형당하는 베트콩 포로, 죽어가는 이슬람 여인을 발로 차는 세르비아 민병대원의 사진은 보는 자체로 긴장이 덮친다. 그중에서도 소름 돋는 사진은 단연 '백 조각으로 찢겨 죽는 형벌'의 사진이다. 몽골 왕족 왕자를 암살한 대가로, 죄인 살갗과 살점을 칼로 도려내는 형벌인 능지처참을 당하는 장면이다. 양쪽 팔은 이미 잘려나갔다. 온몸의 가죽이 벗겨질 단계에서 사진 속 희생자는 마치 황홀경에 빠진 듯이 고개를 위로 젖혀 눈을 치뜨고 있다. 죄인을 살려둔 채 며칠에 걸쳐 고통을 극대화하는 형벌보다도, 그 작업에 매달린 인간의 잔혹함에 치를 떨었다. 죄인의 고통을 즐기며 카타르시스의 경지에 다다른 게 아닌가 하고. 아우슈비츠에서 연기로 사라졌을, 총 든 나치 앞에서 손들고 엄마와 걸어가는 어린아이들 사진 앞에서는 숨이 가빠온다.

놀라운 건 따로 있다. 초창기 전쟁 사진 중 걸작이라고 칭송

받은 사진들이 연출된 것이었거나 피사체에 손을 댄 흔적이 있다는 사실이다. 예를 들면, 궁전 마당에 해골이나 시신 몇 구를 옮겨놓고 재배열한 일, 또는 군인의 주검 옆에 소총 하나를 부러 배치한다든가 하는 것들이다. 더 놀라운 건 어디에선가 본 적 있는 '시청 앞에서의 입맞춤' 사진이다. 상봉의 행복에 겨운 사진 속 남녀는 일당을 주고 고용한 연출이었다니. 카메라는 역사의 눈이라고 여기는 순수한 생각에 발등을 찍힌 기분이다. 의도하고 연출한 사진이건 현장에서 남긴 기록 의지이건 높이 사고 싶다. 시대를 남기는 데 한 역할을 한 건 분명하기에.

충격에 반복적으로 노출되면 그걸 대하는 감각도 무뎌지는 건가. 고통을 의식하지 못하도록 억압이라는 방어기제라도 작동하는 건가. 그러나 인간의 뜨거운 가슴에서 우러나오는 감정까지 거짓으로 꾸밀 수는 없다. 분출하는 본성은 조작할 대상이 못 되기에 그렇다. 감각 가진 생물체로 남이 겪는 불행 앞에 완전히 무감각해질 수는 없는 일이다.

요즘은 실시간 중계처럼 세계에서 일어나는 폭력사태를 관전한다. 테러로 난장판이 된 현장을 영화처럼 구경하지만 전혀 남의 일이라고는 생각지 않는다. 내가 겪을 수도 있는 위험이 도처에 늘린 세상에서 살고 있기 때문이다. 선량하게 살아가는 사람 대부분은 전쟁과 테러를 규탄한다. 특히, 이런 책을 읽고 나면 그 방향은 명료해진다. 평화주의자가 되는 것이다.

작가 수전 손택이 보스니아 사라예보에 머물 때, 그곳 주민은 날마다 맹렬히 쏟아붓는 폭격과 포위 공격을 3년째 견뎌내고 있었다. 하루하루가 공포의 순간인 지역에 거주하며, 전쟁을 겪어보지 못한 사람이 과연 전쟁을 이해할 수 있을까 하는 회의로 괴로웠다. 그런 의문과 실상을 알리려는 사명감에서 이 글은 쓰였다. 전쟁은 결코 일어나서는 안 될 재앙임을 몸서리치며 새기게 한다.

우리에게 혹 어떤 상황이 닥치고, 그 상황이 타인의 고통으로 비치는 시련은 결코 없어야겠다. 글을 읽게 번역해준 이에게 경의를 표한다.

결핍을 읽다
-최준영의 『결핍을 즐겨라』

흔히 신은 공평하다고 말한다. 이 말은 세상에 완벽한 삶이란 없으며, 두루 다 갖춘 이에게도 아쉬운 구석 하나쯤은 있다는 뜻으로 해석된다.

마음 치유 인문학이라는 부제가 붙었다. 신체건강 못지않게 정신건강이 중요한 시대다. 힐링이란 말이 자주 오르내린다. 힐링 워킹, 힐링 요가, 힐링 타운, 힐링 메이크업, 힐링 다이어트…. 거기다 향기 치유, 소리 치유, 음악 치유, 치유 명상이니 이름 붙이고, 상처받은 영혼이 쉴 곳임을 내세운다.

탈수증상에 불면까지 겹쳐 심신이 고달팠던 시기가 있었다. 지옥이 있다면 이랬을까 할 정도로 하루하루를 고통 속에서 보냈다. 심신이 고달파지니 치유라는 말에 솔깃해졌다. 살아야겠다는 의지가 본능처럼 고개를 들었다. 무언가에 기대지 않으면 나라는 유기체가 개별독립체로 버틸 수 없을 만큼 삭정이 상태였다. 그럴 때 스스로 버티자며 시작한 게 책읽기였다. 힐링 독서인 셈이었다.

듬성한 문장을 슬렁슬렁 훑어 읽으려던 오만한 선입견은 책 속으로 들어서면서 곧 깨졌다. 읽은 페이지를 되읽는 횟수가 잦았다. 바닥으로 널브러진 기운을 부축하며 페이지를 접어두는 곳도 많아졌다. 내 몸이 황폐한 상황에서 당장 섭취해야 하는 자양분처럼. 인간을 위한 학문이 인문학이라는 자체 정의도 내렸다. 최악의 컨디션에 처한 내게 문장이 하나둘 스며들어 어깨를 다독였다. 맞들어 주는 격려가 절실한 이에게 그 역할을 제대로 한 책이다.

문장은 가뭄에 말라 터진 논바닥 같은 가슴으로 단비처럼 스미었다. 목마를 때 머금는 한 방울의 물처럼. 조금 다른 상황이었다면 빗물을 흡수하는 논바닥의 절박함은 덜할 수도 있었을 것이다. 내 목이 타 한 모금의 단비를 애타게 갈망할 때 목을 적셔주었다. 생활에서나 어떤 관계에서 절실한 결핍을 겪어보지 않은 이는 남의 결핍을 헤아리는 데도 한계가 있을 거라 본다. 결핍 상태에 처한 상대를 대하는 배려도 소홀하지 싶다. 어떤 결핍에 처한 당사자에게 인문학은 위로의 말을 조곤조곤 건넨다.

자칭 거리의 인문학자라는 작가는 노숙자 대상 인문학 강의도 진행했다. 생생한 경험담도 곁들인다. 엄청난 독서에서 알맹이 문장을 뽑아 와 자신의 체험을 버무려 담담하게 생각을 펼친다. 막연한 관념의 글이 아닌 설득력 가진 진심 묻어나는 글로.

세상은 결핍투성이로 보인다. 경제의 결핍에서부터, 배려와 나눔 결핍, 정서 결핍, 인간관계 결핍에 이르기까지… 이런 다양한 결핍 중에서도 가족구성원의 결핍은 가장 근원적인 결핍이다. 가족 해체는 한 부모 가정, 조손가정 등 불안정한 가족 결핍을 낳는다. 이런 가족 구성은 자칫 사회 약자로 비칠 수 있다. 불완전한 가정이라는 자폐적 요인도 있을 것이며, 사회 시선도 따뜻하지만은 않아 보인다. 갈수록 이런 가족형태가 늘어날 것인바 이럴 때 인문학 역할은 크다. 인문학이 지구 생물 중 가장 우위 종족인 인간의 정신과 연관되었다고 볼 때, 그 위치는 튼실한 사회 기반을 위한 주춧돌이 돼야 한다는 생각이다.

『하마의 눈알 찾기』나 『알을 품는 호튼』 같은 어른을 위한 동화도 곁들인다. 돕는다는 것은 우산을 들어주는 것이 아니라 함께 비를 맞는 것이라는 말은, 진정한 도움이란 그 내면을 보살피는 행위란 걸 생각게 한다. 림효 화가의 온화한 그림으로 하여 이런 얘기들이 한결 따사롭게 전달된다. 나의 사고와 철학이 이 책 한 권을 읽었다고 해서 당장 변화하지는 않을 것이다. 그러나 적어도 내 욕심만 얄밉게 챙기며 양심 따윈 버린다든가, 당장 눈앞 이익에만 눈을 번득이는 얌체 행위를 조심

할 것 같다.

어떤 일에 종이 한 장의 차이를 들먹인다. 대상이 다 고만고 만하거나 엇비슷할 때 쓰거나, 종이 한 장의 가치를 강조하는 말이기도 할 터. 그렇게 볼 때 이 책이 전하는 가치는 크다. 일 상생활 속 결핍은 경제적 제약으로 말미암은 불편과 스트레 스를 동반한다. 그럼에도 '결핍은 희망을 품고 있는 가능성'이 라는 희망 한 줄기를 붙잡는다. 결핍이 있기에 그 결핍된 자리 에 희망의 씨앗을 잉태할 수 있을 것이기에. 비어 있어야 또 채 울 수 있다는 메시지를 마지막 책장을 덮으며 깊이 이해한다.

폭서를 독서로 이겨내야겠다며 선택한 책읽기다. 책에 정신 을 몰입하면서 불면증에서도 서서히 벗어났다. 뭔가로 숭숭하 던 머릿속도 안정권에 들었다. 이런 경험 영향인지 불면기가 있을 땐 책 몇 권 챙겨 책상 앞에 앉는다. 숨소리도 들리지 않 는 고요 속에서 책장을 넘기는 일이 얼마나 평화로운지.

책을 읽고 기존 관념에 변화가 일었다면 이는 독서의 공이 다. 어떤 글이라도 그 안에는 내가 가보지 않은 길이, 지금껏 체험하지 못한 세계가 그 안에 있다고 본다. 어떤 문장이 내 사고를 흔들고 감성을 자극하여 스밀 때, 그 문장은 나를 깨 친 경전이나 다름없다는 생각이다.

불쑥, 본문에서처럼 애국가라도 부르고 싶다. 독서 뒤끝이 화창하다.

꿈꾸는 액자

-라대곤의 「내 가슴속의 수채화」

　사진을 떼어낸 액자가 있다. 요즘 이 액자를 보면 생각이 분망해진다. 액자에 마음의 그림을 그려 넣은 라대곤 선생의 수필 「내 가슴속의 수채화」를 읽고 나서다. 텅 빈 액자를 바라보곤 하지만 뚜렷한 심상이 들어앉질 않는다. 간절히 걸고 싶은 대상이 없어서일까. 아니면 액자를 바라보는 사유가 깊지 않은 때문인가.

　오래전부터 근사한 수채화를 한 폭 꼭 갖고 싶었다. 초등학교 때 교실 뒤편에 걸린 액자 속 숲 그림이 처음 본 수채화였다. 파란 물감을 붓에 묻혀 뭉개듯 칠하면 가을 하늘처럼 진한 코발트가 되는 게 신기해 칠하고 문지르기를 반복했지만, 그것은 그림이 될 리가 없었다. 언젠가는 좋은 그림을 그릴 수 있을 거라 믿었다. 그리고 싶었던 그림은 항상 내 마음이었을 뿐이었다.

이런 기억이 수채화를 더 갖고 싶게 했나 보다. 마침 아는 화가가 선생에게 바다 그림을 그려주었다. 고맙긴 하나 그림 속 바다는 황량하다. 폭풍이 이는 장쾌한 바다도 아니고, 정겹고 아늑한 포구도 아니다. 그 분위기가 영락없이 사람이 살 것 같지 않은 무인도다. 아무리 화가가 그렸다고 해도 그건 자신이 갖고 싶어 한 그림이 아니었다. 마음이 그림에 썩 동화되지 않았다. 선생은 결국 별 감응이 없는 그림을 아예 천으로 가려버린다. 그림을 준 화가에 대한 예의가 아닐 터이나 그림을 볼 때마다 스산스러워져 내린 결정이다.

가린 액자에 수채화를 걸고 싶은 마음에 미술 전람회도 기웃거려 보았다. 좀체 마음에 와닿는 그림을 만나지 못할 때 한 꿈을 꾸었다. 달이 뜨고, 초가지붕에 눈이 내리고, 황소나무 가지 위에 까치가 조는 듯 앉아 있다. 덮어버린 화가의 그림 위로 꿈같지 않은 꿈이 펼쳐진다. 고향 친구 정식이도 있고 돌이라고 불렀던 고향 집 강아지도 거기에 있다. 이제 빈 액자는 선생을 꿈꾸게 한다. 액자에 담기는 그림도 나날이 바뀌어 나타난다. 마음속으로 그리는 그림만으로도 자신은 행복해진다고 고백한다.

『모악에세이』 제12집에 실린 선생의 이 수필을 여러 번 읽었다. 선생 추모특집에 실을 글을 쓸 목적이었다. 신기한 점은 글을 읽을수록 문장만 읽히는 게 아니라 행간에 숨은 내면으로 들어가게 되더라는 거다. 신곡문학상을 제정한 선생의 소설은 읽은 적이 있지만, 이 글을 읽고 굵직한 외모 속 감성을 엿본 느낌이었다.

어떤 글을 읽을 때 그 작가와 동일시되어 공감할 때가 있다. 수필을 읽을 때 머릿속으로 한 액자가 떠올랐다. 안방 가구 뒤쪽 공간에 포장도 하지 않고 세워둔 먼지 쌓인 액자를 꺼냈다. 가로세로 62cm 정도 크기이다. 언제고 이 정사각형 액자에 딱 어울리는 그림이 번듯하게 걸릴 날을 꿈꾸던 중이다.

사진동호회 활동하며 전시회에 몇 번 참여했더니 액자가 늘어났다. 더러 선물도 하고 일부는 벽에 기대어놓았다. 어떤 건 사진만 떼어 벽에 걸었다. 이렇게 사진 떼어낸 액자의 존재를 잊고 있다가 부랴부랴 밝은 데로 꺼냈다. 빈 액자에 역할을 부여하고 싶어서다.

이 액자를 거실 텔레비전 옆에다 세워놓고 날마다 바라본다. 하얀색 바탕에 검은 테두리를 둘러 교복 입은 모범생처럼 정갈한 맛이 있다. 내게도 따뜻한 그림 한 점 걸고 싶던 바람이 생각났다. 보고 있으면 행복해지는 그림 한 점 걸고 싶었다. 국제아트페어에도 가봤다. 맘에 드는 그림이 몇 점 있었다. 하지만 마트에서 장보듯 살 수 있는 가격이 아니었다. 백화점에서 중저가로 살 수 있는 옷 가격도 아니었다. 아쉬움만 안고 왔다. 요즘 액자를 보며 이런저런 궁리를 하고 있다. 어설프나마 내 손으로 그린 그림 하나 넣어도 좋겠다는 생각이다. 어디 끼지나 그러고 싶나는 내 바람일 뿐이지만.

선생이 오래전부터 갖고 싶었던 수채화는 아직 그려지지 않은 그림이었다. 어쩌면 완성하고 싶은 마음속 수채화는, 이루지 못했거나 이루고 싶은 이상 같은 것이 아니었을까. 액자에 넣고 싶어 하는 그림은 세상에 존재하지 않는 마음속 풍경임을 뒤늦게 알아차렸다. 문장만 읽고, 문장에 흐르는 기류를 감지하지 못했으니 독자로서 작가에 대해 큰 오류를 일으킨 게 아닌가 싶다.

나도 선생 흉내를 낸다. 아름드리 느티나무 그늘 아래엔 돌아가신 할아버지가 장죽을 입에 물고 계시고, 그 옆 흙바닥에 쪼그리고 앉아 공기놀이하는 단발머리 소녀도 보인다. 저만치 동구 밖엔 장 보따리를 머리에 이고 산모퉁이를 막 돌아오는 어머니도 가물가물 등장한다. 오래전의 그리운 장면이 불쑥 차오르니 이는 다 동화 같은 수필을 쓴 선생 덕이 아니랴.

술이라도 한잔한 날이면 어김없이 잘 채색된 수란이 얼굴까지 보인다고. 나도 옆집 살던 소꿉친구를 등장시키고 싶은 건지도 모르겠다. 이왕이면 땡감 물처럼 지워지지 않는 해맑았던 시절을 담고 싶다. 맘에 쏙 드는 수채화를 걸기까지 액자 앞에서 고심해야 할 것 같다.

이런 내 생각을 읽었음인가. 액자도 꿈꾸듯 나를 물끄러미 바라본다.

마니아가 된다는 것

'어떤 일에 열중하다. 익숙해지다. 대상을 더 깊이 알게 되고, 대상과 더 가까워지고 편해지다.' 마니아를 설명하라면 할 수 있는 답이다. 수필이란 심해에 닻을 내리고 거기에 삶의 중심을 두었다면, 감히 수필 마니아라 해도 될까 하는 조심스러운 견해를 편다.

개인 문학사를 풀어놓자 하니 막막하다. 무더위를 견딘 여름 해거름 녘, 고즈넉한 산책길에 든 느낌이랄까. 하루를 살고 귀가한 이들이 밝힌 저녁 불빛이 창으로 새어 나오는 때. 그 시간이면 가장 편안한 차림으로 골목을 산책한다. 하루를 마감하며 나를 다독이는 그런 시간이다. 꼭 그런 심경이다.

수필에 관심이 있어 수필의 세계로 들어선 지 삼십여 해, 등단절차를 거친 지 14년이다. 그동안 수필집 두 권을 냈다. 그래도 걸림 없이 떳떳하게 마니아라고 하기엔 왠지 위축된다. 깊은 밤을 꼬박 새워가며 고뇌하고 글쓰기에 매달린 적이 있었던가 하는 자문 때문이다.

한 작품 탄생을 위해 한 자 한 자 새겨 쓰는 수필 쓰기를 생각하면, 언젠가 대담한 사진작가 김홍희 씨의 말이 되새김 된다. 가장 애착이 가는 사진이 어떤 사진이냐고 물었을 때, 그는 '내일 찍을 사진'이라고 했다. 그건 '불가능하다'는 뜻이며, 자신 마음에 완벽한 사진이란 없다는 뜻이라고 설명했다. 여기에 수필을 대입해도 들어맞는다는 생각을 한다. 자신이 쓴 모든 글은 자신의 분신이기에 애착이 갈 건 뻔하다. 그러나 모두 성에 차는 글이라고 인정하지 못한다. 완성도와 완벽은 다르다. 완벽을 꿈꾸며 펜 끝을 갈고 닦지만, 그건 완성도를 향한 과정일 뿐인 것이다. 공감을 내포한 완성도를 향해 정진할 따름이다.

문학이란 갈래로 들어선 계기가 딱히 따로 있진 않다. 글이란 것이 삶 속으로 자연스럽게 스며들었다. 초등학교 4학년 때 방학 숙제로 시를 써냈다. 개울에서 멱 감으며 놀던 일을 그대로 적었을 것이다. '나는 물 위에서 자고 싶다'라는 구절만 기억에 남아 있다. 선생님이 칭찬했다. 중학교 때는 고전읽기 경시대회에 학교대표로 참가하느라 따분한 책을 읽었다. 고등학교 땐 교지에 글이 두어 번 실렸다. 글이 시나브로 내 삶 속으로 들어온 과정이 아니었나 싶다. 정작 나를 드러내는 글은 결혼하고부터 썼다고 본다. 거제도에서 아이 낳고 살 때,

날마다 방바닥에 엎드려 쓰고, 지우고, 고치며 편지를 써서 라디오에 보냈다. 일기처럼 썼다. 그러기를 몇 해 했을 것이다. 돌아보면 문장을 만드는 힘은 이때 다져졌을 거란 생각이 든다. 글 쓰는 이들이 밟았을 법한 수순이다. 집안에 문학 하는 사람이 두엇 있기는 하다. 비슷한 성향을 타고난 바도 있지 않나 싶다.

방송에 글을 보내는 속속 전파를 탔다. 간이 커졌다. 일간지 문예란으로 기대치가 올라갔다. 일간지에서 정식으로 내 문장을 평가받고 싶어서였다. 이곳에도 쉬 통과되었다. 이제 제대로 배워보자 하고 찾아간 곳이 한 대학교의 평생교육원 수필 창작반이었다. 그때 순수한 첫 마음으로 만난 문우들을 문단에서 반갑게 만난다. 언제 만나도 반가운 이들이다. 대학교 교정을 걸으며, 쓰고 싶어 하는 공통분모로 만나던 그 첫 마음이 지금 글 쓰는 초석이 됐지 싶다. 그때가 삼십 대 초반이었다.

내 문학에서 빼놓을 수 없는 게 있다. 바로 고향이다. 내 고향 마을은 마을로 가는 신작로만 없으면 마을이 있는지조차 모를 골짜기에 자리 잡았다. 읍내는 가까운데 산이 병풍이 두르듯 마을을 감쌌다. 마을 입구에 수백 년 수령의 느티나무가 가지를 치렁치렁 늘어뜨리고 마을을 지킨다. 이 나무 아래를 들며 나며, 마을 동구 밖을 오가며, 고갯마루를 넘으며, 논길과 시냇가를 걸어 학교 다닐 때 본 풍경이 뇌리에 새겨져 있다.

골짝 논에 일하러 갈 때, 들과 산에 소 먹이러 오갈 때 본 사계는 내 감성의 바탕 그림이다. 이름도 몰랐던 들꽃과 들풀, 나날이 바뀌는 자연의 색, 11월이면 퍼붓던 함박눈, 귀가 먹먹한 고요를 머금은 함박눈이 하늘과 땅의 경계를 지우고 쏟아지던 겨울 풍경, 빨랫줄에서 지저귀는 새소리에 잠을 깨던 아침, 아침 이슬에 바짓가랑이가 흠뻑 젖은 아버지가 꼴짐을 수북이 지고 대문을 들어서면 부리나케 섬돌을 밟고 내려가 바지랑대를 들어 올리던 일…. 나란 사람의 바탕 무늬 대부분은 그 시절에 형성되었을 거라 장담한다.

천강문학상 동상 수상작인 「느티나무처럼」과 『부산수필문예』 올해의 작품상을 받은 「사라진 워낭소리」는 그런 고향이야기가 바탕을 이룬다. 퍼내어도 샘물처럼 솟는, 나와 내 글의 모태이며 근원인 것들이다.

포털 사이트 다음에 칼럼이란 메뉴가 있었다. 마흔세 살에 '마흔셋, 내가 나로 태어난 까닭에'란 타이틀로 오랫동안 글을 썼다. 베스트칼럼으로, 추천칼럼으로 종종 칼럼 메인에 올라 글쓰기가 뿌듯했다. 딱히 추천받을 목적도 아니었고 쓸 소재가 샘솟던 때였다. 아마추어 칼럼니스트로 활동했던 이 칼럼의 글은 대부분 수필이 되었다. 습작 노트였던 셈이다. 수필 쓸 재료가 궁할 때 이곳을 뒤적이며 유사한 내용은 합치고,

짧은 글은 보완해 글을 완성했다. 요즘도 혹시나 하고 이곳을 뒤적인다. 지금은 대학노트가 그 역할을 대신한다. 소재의 기발함이나 신선감도 영 그때만큼 못하다. 사람도 사는 것도 시들해진 결과인가. 감정이 삭막해진 원인도 있으려니와 치열하게 고뇌하지 않는 결과가 아닌가 한다.

수필작업 노트가 두 권째다. 완성이라고 표시한 페이지도 있고, 도무지 무엇이 되지 못한 페이지도 있다. 요즘은 책을 읽을 때 아이디어가 잘 떠오른다. 쌈박한 단어를 만나거나 심장을 뛰게 하는 문장에서다. 한때는 카메라 렌즈로 보는 세상에 솔깃했다. 실제 보는 세상과 렌즈로 보는 시야는 미묘한 다름이 있다. 눈에 보이는 현실이라는 점은 같지만, 렌즈로 보는 세상은 더 깊숙했고, 더 클로즈업되어 다가왔다. 이를 찾아내고 못 찾아내는 예리한 촉수의 차이가 있을 뿐. 흙 속 진주 같은 소재 발굴에는 정신이 해이해지지 않고 깨어 있는 것, 이게 정답인 것 같다.

좀 여유 있는 삶을 살고 싶어진다. 때로 생각을 비우고 한가로이 소요하고 싶다. 그러나 글을 써야 한다는 의무 같은 것이 늘 잠재하니, 이 압박에서 벗어나는 건 어떻겠나 하는 충동이 일 때도 있다.

올해 〈국제신문〉 오피니언 한 코너에 필진이 되었다. 이곳에 글을 쓰게 되어 좋은 점은 목적의식이 생겼다는 거다. 어찌하

든지 마감일 맞춰 글을 보내야 하니 그렇다. 심적 부담도 따르기는 한다. 처음엔 온통 그곳에 보낼 글 생각뿐이었다. 생각을 내내 놓지 않자 막연하고 막막하던 글의 가닥이 잡히기 시작했다. 나아가 시류에 적절한 글을 써야 한다는 단계로 내다보는 여유도 생겼다. 쓸 거리가 없다는 건 한마디로 고심하지 않는다는 말이었다.

글 쓴 지가 언제였던가 싶을 때면 수필작업 노트를 뒤적인다. 미완성 재료 중에서 건질 게 없나 하고. 전광석화처럼 떠오른 제목이 페이지마다 적혀 있다. 버리지 못하는 고만고만한 재료들이 구석구석 재여 묵어간다. 주제가 있는 청탁을 받거나 하지 않으면 목적의식이 없으니 마음가짐이 해이해진다. 총량의 법칙처럼, 칼럼을 쓰던 초창기에 다 쏟아낸 탓인가.

아무리 좋은 소재가 있어도 일단 제목이 정해져야 글이 나온다. 제목이 주제라고 보기에 제목 없는 글을 쓰지 못한다. 그럴싸한 제목부터 정해놓고 허허벌판 같은 원고지 앞에서 망연할 때가 많다. 누군가에게 하고픈 말이 절절한 것 같은데 시작부터 막히는 격이다.

제목이 정해져 글 쓸 준비가 되었더라도 글을 쓸 감정의 통함이 없으면 쓰지 못한다. 이제나저제나 하고 감정이 나를 적실 때를 기다린다. 소재와 나의 감성소통은 필수다. 그 시점이 어느 순간 잡혔다 싶을 때 초고를 쓰기 시작한다. 단, 단숨에 글이 쓰여야 만족스럽다. 찔끔찔끔 나아가면 이 글은 끝까지 까탈 부릴 게 빤하다. 초고를 쓸 때 구성이 탄탄하지 않으면 차후 퇴고 과정에서도 그 한계를 넘지 못한다는 걸 경험했다. 일단 초고를 완성하면 출력해서 묵힌다. 묵힌 글을 꺼내 읽을 때 티며 피, 깜부기 같은 군더더기가 우수수 떨어져 나간다. 우둘부둘한 단어나 문맥도 평정을 찾는다. 이 기본 작업만 수차례 거듭한다. 이렇게 기본 틀을 갖추면 이제부터 진짜 퇴고가 시작된다. 전체 구성, 문맥과 전후 문장의 호응관계, 표현, 서술어, 겹말 등을 살펴 바로잡는다.

글은 아무래도 마음이 화창할 때보다 그늘질 때 잘 써지는 것 같다. 어떤 절실하게 다가온 현상이나 상황이 감성을 건드리는 순간이 있다. 수필 「사막을 건너다」와 「절해고도 302」는 그렇게 나왔다. 탈수 증세와 불면으로 몸부림치던 어느 여름에, 또 여름휴가도 가지 못하고 방안에만 틀어박혀 있을 때, 그곳이 사막이고 절해고도였다. '사막'과 '절해고도'는 바로 나 자신이다. 독자가 숨은 뜻을 알아챘다면 글은 성공한 거라고 본다.

수필을 쓰면서 여행작가 타이틀을 달고 싶어 『여행작가』로 등단절차를 거쳤다. 첫아이를 낳고부터 사진을 찍어왔다. 글과 사진을 거의 같은 시기에 시작한 것 같다. 수필과 다른 문학 장르를 동시에 접하면 혼란스러울 수도 있겠지만, 글과 사진 작업은 이복자매처럼 묘하게 닮았다. 수필적인 관점으로 피사체를 담고, 피사체를 찍듯 한 부분을 도려내 글 소재로 삼는다. 여행작가는 글과 사진을 합한 콜라보 작업을 하는 사람이다. 해볼 만한 일이었다. 느낌 충만한 사진에서 수필 한 편을 읽는 감동이 따를 때가 있다. 이럴 때 한 폭 수채화가 그려지는 아름다운 수필을 쓰고 싶다는 간절함이 인다.

문득 감성으로 요동치고 싶다. 쓸쓸하거나 심장을 쿵하게 하는 찌릿한 감정이 어디 없을까. 거기에 간절함이 더하면 수필 몇 편쯤은 금방 쓸 텐데.

글은 독자가 완성한다는 말을 맘에 새긴다. 이 독자의 공간도 염두에 둘 일이다. 수필 마니아로 가는 길은 멀기도 하다.

다독이는 시간

초판 1쇄 발행 2018년 8월 20일

지은이 김나현
펴낸이 강수걸
편집장 권경옥
편집 윤은미 정선재 이송이 이은주
디자인 권문경 조은비
펴낸곳 산지니
등록 2005년 2월 7일 제333-3370000251002005000001호
주소 부산시 해운대구 수영강변대로 140 BCC 613호
전화 051-504-7070 | 팩스 051-507-7543
홈페이지 www.sanzinibook.com
전자우편 sanzini@sanzinibook.com
블로그 http://sanzinibook.tistory.com

ISBN 978-89-6545-543-1 03810

* 본 도서는 2018년 부산광역시, 부산문화재단 '지역문화예술특성화지원사업'
지원을 받았습니다.